Le nom sur le bout de la langue
Pascal Quinard

혀끝에서 맴도는 이름

Cet ouvrage, publié dans le cadre du Programme de Participation à la Publication,
bénéficie du soutien du Minisètre des Affaires Etrangères et de l'Ambassade de
France en Corée.
이 책은 프랑스 외무부와 주한프랑스대사관이 주관하는 출판협력프로그램의 지원을 받아
출간되었습니다.

Le nom sur le bout de la langue
Pascal Quinard

혀끝에서 맴도는 이름

파스칼 키냐르 지음 | 송의경 옮김

문학과지성사 2005

파스칼 키냐르 Pascal Quignard
1948년 프랑스 노르망디 지방의 베르뇌유쉬르아브르(외르)에서 태어나 1969년에 첫 작품 『말 더듬는 존재』를 출간했다. 어린 시절 심하게 앓았던 두 차례의 자폐증과 68혁명의 열기, 실존주의·구조주의의 물결 속에서 에마뉘엘 레비나스·폴 리쾨르와 함께한 철학 공부, 뱅센 대학과 사회과학고등연구원에서의 강의 활동, 그리고 20여 년 가까이 계속된 갈리마르 출판사와의 인연 등이 그의 작품 곳곳에서 독특하고 끔찍할 정도로 아름다운 문장과 조화를 이루고 있다.
죽음의 문턱까지 갔다가 귀환한 뒤 글쓰기 방식에 큰 변화를 겪고 쓴 첫 작품 『은밀한 생』으로 1998년 '문인 협회 춘계대상'을 받았으며, 『떠도는 그림자들』로 2002년 공쿠르 상 수상의 영예를 안았다. 대표작으로 『로마의 테라스』 『섹스와 공포』 『옛날에 대하여』 『심연들』 『빌라 아말리아』 『세상의 모든 아침』 『신비한 결속』 『부테스』 『눈물들』 『하룻낮의 행복』 『세 글자로 불리는 사람』 등이 있다.

옮긴이 송의경
서울대학교 불어불문학과를 졸업하고 프랑스 엑상프로방스 대학 박사과정을 수료했으며, 이화여자대학교에서 박사학위를 받았다. 이화여자대학교와 덕성여자대학교에 출강했다. 키냐르의 작품 『은밀한 생』 『로마의 테라스』 『떠도는 그림자들』 『섹스와 공포』 『옛날에 대하여』 『빌라 아말리아』 『신비한 결속』 『부테스』 『눈물들』 『하룻낮의 행복』 『세 글자로 불리는 사람』과 그 외 다수의 문학 작품을 우리말로 옮겼다.

혀끝에서 맴도는 이름

제1판 제1쇄   2005년 5월 31일
제1판 제8쇄   2024년 9월 19일

지은이   파스칼 키냐르
옮긴이   송의경
펴낸이   이광호
펴낸곳   ㈜문학과지성사
등록번호 제1993-000098호
주소   04034 서울 마포구 잔다리로7길 18(서교동 377-20)
전화   02338-7224
팩스   02323-4180편집 / 02338-7221영업
전자우편 moonji@moonji.com
홈페이지 www.moonji.com

ISBN   89-320-1604-6

혀끝에서 맴도는 이름 · 차례

일러두기

1. 이 책의 원본은 Pascal Quignard, *Le nom sur le bout de la langue* (Paris: P. O. L, 1993)이다.
2. 이 책에 사용된 외국 인명과 지명 등의 외래어 표기는 '국립국어연구원 외래어 표기법'을 따른 것이다.
3. 내용의 이해를 돕기 위해 옮긴이의 부연 설명을 본문 내 각주로 곁들였다.

아이슬란드의 혹한

7월 5일 목요일, 나는 미셸 르베르디의 집에서 피에르 불레즈, 클레르 뉴망, 올리비에 보몽과 함께 저녁 식사를 했다. 미셸은 바스노르망디 합주단의 지휘자인 도미니크 드바르가 의뢰한 동화를 화제로 올렸다. 우리는 얼음 덩어리로 변한 커피 아이스크림을 각자의 몫으로 잘라내려고 무던히 애를 쓰고 있었다.

  내 칼이 휘어버렸다.

  불레즈가 다른 칼을 손에 쥐고 자리에서 일어나 아이스크림 덩어리를 찍었다. 얼음 덩어리가 바닥으로 떨어졌다. 덩어리는 그 타격에도 끄떡하지 않았다. 우리는 그것을 물로 씻었다. 내가 언어의 망각을 발단으로 줄거리가 전개되는 어떤 동화의 기본 골격을 이야기했다. 이 주제야말로 다른 어떤 전설보다 음악에 안성맞춤이라 여겨졌기 때문이다. 음악가들은 어린애나 작가들과 마찬가지로 이런 결함의 주민들이다. 어린애는 유년기 enfance'라는 단어 자체가 의미하는 바인 이 결함 속에서 최소 7년을 거주한다. 음악가는 노래를 통해 이 결함에서 벗어나려 애쓴다. 작가는 이 끔찍한 공포의 영구 주민이다. 간단히 정의하면 작가란 언어가 *마비 stupor* 된 자이다. 대다수의 작가들이 이런 마비 상태로 인해 설상가상으로 음성 언어 자체마저 불가능해지는 일을 겪는다. 장 드 라 퐁텐은 자신이 쓴 우화를 직접 낭송하는 것을 포기하고, 그 일을 가슈라는 이름의 배우에게 맡겼다. 라 퐁텐은 항상 그를 자기 옆에 붙잡아두었는데, 혹시라도 사람들이 자신에게 직접 말을 시켜 수모를 당하지나 않을까 두려웠기 때문이다.

---

1 'enfance'는 라틴어 'infans(말 못하는)'라는 단어에서 유래했다.

유리잔이 쓰러졌다. 그러자 디저트 덩어리가 치즈 접시 안으로 굴러 들어갔다.

우리 중의 두 사람이 미셸 르베르디에게 빵 자르는 칼을 가져다달라고 했다.

미셸이 자리에서 일어났고, 나를 향해 몸을 돌리더니, 이번 연주는 현악기 열둘, 관악기 다섯, 클라브생 하나, 타악기 하나로 구성된 합주로 할까 고려 중이라고 말했다.

나는 냅킨을 펼치면서 미셸에게 이번 연주에는 나무 의자, 여배우, 테이블, 부싯돌과 촛불이 각기 하나씩 필요하다고 말했다. 또한 물레, 실 꾸러미와 원형 수틀도 필요하다고 말했다. 사과도 한 개 추가시켰다. 7월 17일 나는 미셸에게 그 동화의 원고를 보냈다.

1992년 10월 7일 수요일 나는 아이슬란드에서 돌아왔다. 나는 영감으로 가득 차 있었다. 지옥이 있는 장소, 혹독한 삶만큼이나 가혹한 땅이어서 몸을 붙일 데라곤 어디에도 없는 장소, 신이 존재하지 않는 그런 장소를 목도했기 때문이다. 내가 본 그곳은 예전에 캉[2]에 상륙

해서 아브랑슈[3]를 약탈하던 노르망디 선조들이 살던 지역이었다. 다음 날인 8일 목요일, 미셸이 피아노 앞에 앉더니 자신이 기보(記譜)한 주선율을 내게 들려주었다. 그녀가 연필로 급하게 수기(手記)했고, 자신의 목소리로 불러준 노래들의 선율에 나는 감탄을 금치 못했다. 우리는 이야기를 전반적으로 다시 손질했다. 잇따르는 휴지(休止)를 좀더 예측 불가능하게 만들어서 휴지로 인해 발생되는 대비를 강조할 뿐만 아니라 방기(放棄)의 효과를 높일 의도에서였다. 게다가 무대에 혼자 남아 독백을 하게 될 여성 목소리 파트에서는 언변의 유창함을 더욱 두드러지게 하고 싶었다. 우리는 텍스트를 수정했다. 집에 돌아오는 길로 나는 타자기 앞에 앉았고, 우리가 타협을 본 요약본 텍스트를 쳐내려 갔다. 10월 15일 미셸 르베르디에게 그것을 보냈다.

악보에 인쇄된 간결한 텍스트가 바로 그것이다. 여기 발표하는 것은 그 요약본을 발전시켜 만든 완성본 텍스

---

2 프랑스 북서부 바스노르망디 지방 칼바도스 주의 주도.
3 바스노르망디 지방 망슈 주에 있는 항구 도시.

트이다.

*

   단어는 그것을 노래하는 음악가, 그것을 발음하는 배우, 그것의 형태보다 의미에 몰두해서 따라 읽는 독자, 즉 그것을 다시 전사(轉寫)하는 사람에게는 그것을 쓴 작가에게보다 덜 어렵게 느껴진다. 작가는 단어를 쓰기 위해 그것을 탐색한다. 매끄럽게 빠져나가는 얼음 덩어리 앞에서 일시 정지된 칼처럼, 글을 쓰는 사람은 고정된 시선과 경직된 자세로 빠져나가는 단어를 향해 두 손을 내밀어 애원하는 자이다. 어느 이름nom[4]이나 하나같이 혀끝에서 맴돌기만 할 뿐이다. 이름이 필요할 때, 그것의 작고 까만 육체를 소생시켜야 할 사유가 발생할 때 그것을 소환할 줄 아는 것이 예술이다. 귀와 눈 그리고 손가락들은 입과 마찬가지로 동그란 원 모양이

---

4 'nom'은 '명사'를 의미하기도 한다.

되어 이 단어를 기다린다. 시선이 열심히 찾지만 어디에도 없는 이 단어는 육체보다 더 먼 곳에, 허공의 심층에 있다. 글을 쓰는 손은 차라리 결여된 언어를 발굴하는 손이며, 살아남은 언어를 찾아 더듬다가, 주먹을 쥐었다 폈다가, 손가락을 앞으로 내밀어 언어를 구걸하는 손이라 할 수 있다. 'bout'[5] 'debout'[6]라는 단어는 갈리아를 침략했을 당시 프랑크 전사들이 사용하던 언어에서 유래된 근래의 단어이다. 'Bautan'은 '몰아내다 bouter' '밀어내다 pousser'라는 뜻이다. 혀의 '끝'에서 맴돌고 있다는 것은 무엇이 움은 텄으나 꽃을 피우지는 못한 상태를 의미한다. 그 무엇은 자라지만 말없이 애타게 기다리는 자의 입술 위에 다다르진 못했다. 그것은, 먹는 행위 너머로, 생명 유지를 목적으로 호흡에 쓰이는 숨결 너머로, 입 위에서 '선 debout' 채로 맴도는 언어 langue[7]의 보이지 않는 개화의 '봉오리'이다. 아리

---

5 '끝'이라는 의미.
6 '서 있는'이라는 의미.
7 langue는 '언어'라는 의미 외에 '혀'라는 의미도 지니고 있다.

스토텔레스는 "말이란 살아가는 데 없어도 그만인 사치품"이라고 말했다. 봉오리bouton는 마치 나무에 움bouton이 트듯, 끼워진 단추bouton가 옷 위로 나오듯, 얼굴에 여드름bouton[8]이 나듯 그렇게 입 위로 돋아난다. 청소년들이 여드름을 흉하게 여기는 것은 당연하다. 얼굴을 망가뜨리기 때문이다. 그들은 세상을 하직하게 될 때까지 계속해서 얼굴을 잃어가는 중이다. 여드름은 미래의 흔적들이다. 머지않은 미래에 죽음은 발아가 시작되었다는 증거, 그리고 죽음의 어떤 징후로 쇠퇴하기에 앞서 성(性)이 타나토스적, 즉 생식기적이 되어 분출하는 세상이 도래했다는 증거를 남기게 될 것이다. 개인의 얼굴은 비록 언어만큼 삶을 견고하게 해주지 못할지라도 자신의 이름보다 더욱 그 자신이다. 임종의 고통이란 죽어가는 사람의 얼굴 표면으로 불거져 나온 여드름이다. 나무에 움튼 꽃망울bourgeon은 꽃의 여드름이다. 외투에 달린 단추는 나전(螺鈿) 꽃망

---

8 bouton은 '꽃봉오리, 움, 싹, 단추, 여드름' 등의 다양한 의미로 쓰인다.

울이다.

*

리지외[9] 역사(驛舍) 안에서 우리는 외투의 단추를 모조리 채우고 깃을 여며 몸을 감쌌다. 기온이 영하 6도였다. 에루빌[10]에는 궁륭, 비, 이끼, 침묵, 그리고 얼음이 있었다. 나는 아브랑슈를 둘러보면서 진한 감회에 젖었다. 위에[11]는 내게 대단한 귀감이 되었다. 그는 음악가, 문헌학자, 얀센주의자, 석학, 데카르트 철학의 신봉자였다. 그가 집필한 훌륭한 책 두 권 중 하나는 『소설의 기원에 관한 개론』이고, 다른 하나는 "몰지각한 시정잡배들의 험담과 시선을 차단하기" 위해 일부러 라틴어를 사용하여 장황하고 혹독한 필치로 쓴 프로이트적인 자

9 칼바도스 주의 도시.
10 캉 근교에 있는 읍 규모의 마을.
11 위에Pierre Daniel Huet(1630~1721)는 궁극적인 진리는 인간의 이성이 아니라 신앙을 통해서만 알 수 있다는 신앙주의 입장에서 데카르트의 제1원리를 비판했다. 키냐르는 위에를 데카르트주의자처럼 기술하고 있지만 사실은 그 반대이다.

16

서전이다. 1680년 5월 6일, 아브랑슈의 주교가 된 위에는 캉으로 돌아갔다. "그는 여름은 오네[12]에서, 겨울은 파리에서 지냈다. 그는 또한 선조의 땅이 다시 보고 싶어서 덴마크로 갔다. 거기서 노르웨이로, 그리고 스웨덴으로 갔다. 스웨덴에서는 잊지 않고 데 카르트 기사[13]의 무덤에서 묵념을 올렸다." 그의 서한들을 보면 "목재 가옥들의 용마루는 풀밭이며 꽃밭이다"라는 묘사가 있다. 캉에는 비가 내리고 있었다. 『혀끝에서 맴도는 이름』은 1993년 4월 15일 리지외에서, 18일 에루빌에서, 20일 아브랑슈에서 씌어졌다. '르미루아르'라는 음식점에서는 디저트로 커피 아이스크림을 선택할 수 있었다. 미셸 르베르디는 망설였다. 나는 '그날의 파이'를 골랐다.

---

12 칼바도스 주의 면 소재지.
13 프랑스의 수학자 · 과학자 · 철학자인 르네 데카르트(René Descartes, 1596~1650)를 가리킨다.

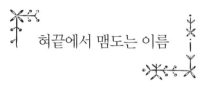

혀끝에서 맴도는 이름

지옥은 어디인가? 자신의 내면 깊숙이 있는 어두운 강변, 숨결을 지닌 만물이 숨을 거두는 그곳은 어디에 있는가? 젊은 여인이 방금 따서 내민 사과 속에 들어 있지 않다면 대체 지옥은 어디 있는 것일까? 만물이 영벌(永罰)을 받는다는 장소가 어디인가? 노르망디 지방에서는 1년 내내 풀이 무성하고, 겨울은 혹독하게 춥고, 길들은 울퉁불퉁 파였고, 끊임없이 비가 내리고, 나무가 왕이며, 사과나무가 많다.

그곳의 지배자는 바다이고, 바다의 지배자는 바람이다. 그러므로 바다의 지배자인 바람이 그 땅도 지배한다. 그런데 바람의 지배자는 바로 선원이다. 노르망디에서는 밭을 일구는 사람조차 선원이다. 옷을 재단하는 사람도 선원이다. 능금주를 만드는 사람도 선원이다. 코탕탱[14] 반도마저 선원이 바다로 밀고 나가는 한 척의 배다. 바다의 하얀 제방에 묶여 있는 바이킹의 배다.

말더듬이 왕 루이[15]는 879년 4월에 죽었다. 그의 뒤를 이어 카를로망[16]이 왕위에 올랐다. 그 무렵이 이야기의 배경이다. 당시는 농촌이나 항구 어디에도 글을 읽거나 쓸 줄 아는 이가 없었다. 1000년이 다가오고 있었다. 그즈음, 노르망디 공국은 세상의 종말을 기다리는 사람들과 기다리지 않는 사람들로 나뉘어 있었다. 한쪽이 기독교인들이라면, 다른 쪽은 덴마크인들이었다. 하지만 양쪽이 서로 혼동되었다. 서로 구분이 어려웠던 이유는 매일 매분이 세상의 종말이기 때문이었다. 때는 기욤[17]

14 노르망디 지방 영국해협에 있는 관광지로 이름난 반도.
15 서프랑크의 왕 루이 2세(877~879 재위)의 별칭이다.
16 루이 2세의 둘째 아들로 처음에는 영토를 분할하여 형 루이 3세(880~882 재위)와 함께 통치했으나 형이 죽자 단독으로 왕권을 누렸다.
17 노르망디의 공작이며 잉글랜드의 왕이었던 기욤(1028~1087)을 가

이전이었다.

'디브'라고 불리는 옛 마을이 있었다. 그 마을에 '비외른'이란 이름의 젊은 재봉사가 살고 있었다. 사람들은 그의 이름을 '쥔느'라고 발음하면서 그 말이 고어(古語)로 '곰'을 의미한다고 말했다. 그는 인물이 준수한 청년이었다. 붕긋하게 부푼 직조 바지에 긴소매 셔츠를 받쳐 입고, 성서의 인물들이 수놓인 널따란 장식 벨트로 허리를 꽉 졸라맨 복장을 하고 있었다. 그는 여자 옷을 만드는 재봉사였다. 그에게 옷을 맞추러 오는 여자들은 누구나 그의 멋진 풍채에 반해서 그럴 수만 있다면 그를 남편으로 맞고 싶어했다. 그는 주문이 들어오면 대형 태피스트리를 짜기도 했다. 고기를 잡는 데 쓰는 그물도 엮었다.

재간이 뛰어난 그는 무슨 일이든 척척 해냈다. 바느질 솜씨가 워낙 좋아서 가난하지도 않았다. 그의 집은 강변의 둑을 향해 있었고, 집 안의 대들보에는 장검 두

리킨다. 프랑스에서는 기욤 1세(정복왕 기욤), 잉글랜드에서는 윌리엄 1세(정복왕 윌리엄)로 불린다.

자루가 항시 걸려 있었다. 콜브륀이 그를 사랑했다.

콜브륀은 맞은편 집에 살았다. 그녀는 생계를 위해 수를 놓았다. 쥔느를 무척이나 사랑해서, 아침, 점심, 저녁, 창문으로 그를 바라보았다. 그녀는 잠을 이룰 수도 없었다.

어느 날 밤, 잠이 통 오질 않아서 침대에서 이리저리 몸을 뒤척이다가 혼잣말로 이렇게 중얼거렸다.

"마음이 가라앉질 않네. 그 사람 생각을 하면 아랫배가 뜨겁게 달아올라. 눈자위가 짓무르도록 눈물이 마를 새가 없어. 난 이제 가시처럼 비쩍 말라버렸어. 그런데도 끊임없이 그 사람 이름만 떠올라."

다음 날 아침, 그녀는 옷을 입고, 빨강·노랑으로 수 놓인 앞치마를 두르고 끈을 앞에서 묶어 맨 다음, 길을 건너갔다. 쥔느의 집 창문의 나무틀을 똑똑 두드렸다. 쥔느는 마뜩찮은 눈길을 들어 그녀를 바라보았다. 일을 방해받았기 때문이다. 콜브륀은 쥔느에게 사랑을 고백하고, 아내가 될 수 있다면 행복하겠노라고 말했다. 그리고 이렇게 덧붙여 말했다.

"당신의 모든 것을 죄다 사랑해요. 목소리까지 말이에요. 당신에게 자신의 목소리란 무엇일까요? 아무것도 아니죠. 하지만 내게는 생기를 주는 것이랍니다."

쿤느는 실을 내려놓고 여자를 쳐다보면서 그녀의 제안을 생각해보겠노라고 했다. 그리고 그녀의 청혼이 영광이라고 덧붙여 말했다. 또한 창가에서 수를 놓는 그녀의 모습이 보이면 자신도 언제나 즐겁게 바라보았노라고 말했다. 그리고 자신이 심사숙고할 수 있도록 황혼, 밤, 새벽의 여유를 달라고 청했다.

다음 날 아침, 정오가 되기 전에, 쿤느가 콜브륀의 집 문을 두드렸다. 그는 신경 써서 옷을 차려 입었다. 긴소매 블라우스에 부푼 바지를 받쳐 입고, 성서의 인물들이 수놓인 벨트를 매고 있었다. 여자는 그를 집 안으로 맞아들였다. 흥분으로 얼굴이 빨갛게 달아올랐다. 쿤느는 그녀가 수를 놓고 있던 자수품을 보았다.

그는 콜브륀을 향해 몸을 돌려 그녀의 두 손을 잡았다. 자신도 그녀의 남편이 되고자 하는데, 자기들이 결혼하는 데는 한 가지 조건이 있다고 말했다.

"콜브륀, 사람들 말로는 당신의 자수 솜씨가 디브 마을에서 최고라지요. 이 벨트와 똑같이 아름다운 수를 놓을 수 있겠소? 나는 도저히 못하겠어요."

이렇게 말하면서 쥔느는 허리에 졸라맸던 장식 벨트를 풀어 콜브륀의 두 손에 쥐어주었다.

벨트가 손에 닿자 콜브륀이 얼굴을 붉혔는데, 벨트에서 재봉사 쥔느의 체온이 느껴졌기 때문이다. 그녀가 대답했다.

"해보겠어요, 쥔느. 당신의 아내가 되고 싶으니까요. 당신이 만족할 만한 벨트를 만들어볼게요."

콜브륀은 여러 날 일했다. 쥔느의 벨트에 수놓인 모티프들을 똑같이 재현하느라 무진 애를 쓰면서 며칠 밤을 꼬박 새웠다. 하지만 도안들이 너무 복잡하게 얽혀 있는 데다 그것들을 수놓은 실은 몹시 가늘었으며, 색깔마저 어찌나 다양한지 도저히 그처럼 완벽한 것을 만들어낼 재간이 없었다.

거듭된 밤샘 작업으로 심신이 몹시 지쳐 있는 데다 실패할지도 모른다는 위기감마저 몰려왔다. 콜브륀은 자신이 형편없는 자수가라는 서글픈 마음이 들면서, 엎친데 덮친 격으로, 약속을 지키지 못해 쥔느에게 거절 당할지도 모른다고 생각하니 비탄에 잠기지 않을 수 없었다.

콜브륀은 절망감에 사로잡혔다. 삶의 의욕마저 사라졌다. 더 이상 먹지도 못했다. 그녀가 말했다.

"난 그를 사랑해. 수를 놓을 줄도 알아. 한데 밤낮으로 일을 했지만 허사였어. 도무지 못하겠는걸."

그녀는 무릎을 꿇고 흐느끼면서 하느님께 이렇게 기도를 드렸다.

"오 주여, 천국에 계신 주님이든 황천에 계신 주님이든, 누구시든 제발 오셔서 저를 좀 도와주세요. 재봉사 쥔느의 아내가 될 수만 있다면, 무엇이든 기꺼이 바치겠나이다."

*

그러던 어느 날 밤이었다. 콜브륀이 흐느껴 울고 있

는데 문 두드리는 소리가 들렸다. 그녀는 손으로 촛불을 집어들었다.

바람막이로 창에 쳐놓은 기름칠을 한 돼지 방광에 얼굴을 갖다 대고 내다보았다. 어느 영주(領主)의 모습이 보였다.

그는 기막히게 멋진 옷차림을 하고 있었다. 꼭 끼는 금빛 동의(胴衣)에 황금 멜빵을 하고, 그 위에 하얀색의 큼직한 망토를 걸치고 있었다. 그는 계속해서 주먹으로 문을 두드렸다.

콜브륀은 머뭇거리며 문을 반쯤만 열었다.

영주가 그녀에게 말했다.

"두려워하지 말게. 나는 어둠 속에서 길을 잃은 영주라네. 강을 뒤덮은 안개를 따라오다 어둠 속에서 자네 집 불빛을 보았지. 내 말을 쉬게 하려고 집 울타리에 매어놓았다네. 폐가 되지 않는다면 먹을 것과 마실 것을 좀 주겠는가."

콜브륀은 그를 집 안으로 들였다. 화덕에 나뭇가지를 하나 더 넣었다. 그리고 그에게 잘 익은 능금주를 건넸다. 그러고 나서 물끄러미 금빛 동의를 바라보았다. 영주가 다시 말했다.

"시장하구나."

콜브륀은 넋을 놓고 있었던 것을 사과하고 나서, 밤에 잠을 못 자 피로가 쌓여 그렇다고 설명했다. 그리고 이어서 말했다.

"그뤼오[18]를 드릴까요?"

영주가 대답했다.

"사과나 한 개 주시게나."

콜브륀은 과일 그릇을 집어들고 사과를 가지러 지하실로 내려갔다. 그녀는 영주에게 사과를 내밀었다.

영주가 그 사과를 와작와작 씹어 먹었다.

사과를 먹으면서 그는 콜브륀이 몰래 눈물을 훔치는 걸 보았다. 입술을 닦고 나서 그가 말했다.

"아가씨, 울고 있구먼."

콜브륀은 그렇다고 시인하고 이렇게 대꾸했다.

---

18 귀리로 만든 음식.

"저는 쥔느라는 재봉사를 사랑한답니다. 이렇게 야심한 시각에 일을 하는 것도 장식 벨트를 만들겠다고 쥔느와 한 약조 때문이지요. 한데 밤낮없이 애를 쓴 지 이미 다섯 주일이나 지났건만, 전혀 이렇다 할 성과가 없어요. 보여드릴게요."

그녀는 수놓인 벨트를 가져왔고, 그것과 똑같은 것을 만들 목적으로 시도했다가 실패로 끝난 자신의 일감들을 죄다 보여주었다.

영주는 미소를 지으며 말했다.

"잠깐만. 세상이 좁다고 해야 할까, 참으로 기이한 우연의 일치라고나 해야 할까. 말 등에 매단 내 안장 가방 속에도 저것과 신기할 정도로 흡사한 벨트가 있는 것 같네."

영주가 벨트를 가지고 돌아왔다. 그들은 두 개의 벨트를 대조해보고 나서, 그 둘이 단 한 치의 어긋남도 없이 똑같은 것임을 알았다. 한 올 한 올 실의 색깔도 같았고, 도안 하나하나도 완전히 일치했다.

그러자 갑자기 콜브륀이 흐느껴 울었다. 그녀가 말했다.

"제가 우는 까닭은 가난해서지요. 이 벨트는 적어도 말 한 필이나 암소 일곱 마리, 혹은 금 브로치 한 개 값은 족히 나가겠어요. 저는 절대 이걸 살 수 없을 거예요. 그러니 평생 쮠느와 결혼도 할 수 없겠지요."

영주는 그녀에게 당장 울음을 그치라고 말했다. 그리고 그녀 옆에 바싹 다가가서 머리를 쓰다듬으며 말했다.

"아가씨가 원한다면, 이 벨트를 거저 주겠네."

"무슨 대가를 원하시나요?" 영주의 품에서 황급히 몸을 빼내면서 콜브륀이 반문했다.

"간단한 약조 하나면 되겠네." 영주가 대답했다.

"어떤 약조요?" 콜브륀이 물었다.

"아가씨가 내 이름을 잊지 않겠다는 약조일세." 영주가 대답했다.

"존함이 어떻게 되시는데요?" 콜브륀이 물었다.

"내 이름은 아이드비크 드 엘Heidebic de Hel이라네." 영주가 대답했다.

콜브륀은 웃음을 참을 수가 없었다. 손뼉을 쳤다. 그리고 이렇게 말했다.

"아이드비크, 그렇게 간단한 이름을 어떻게 잊을 수 있겠어요? 저를 놀리시는 거겠지요."

영주가 말했다.

"콜브륀, 그대를 놀리는 게 아닐세. 그렇게 크게 웃지 말게. 만일 1년 후 같은 날, 같은 시각, 한밤중에 내 이름을 기억하지 못한다면 그대는 내 사람이 되는 거니까."

콜브륀은 더욱 크게 웃었다.

"이름 하나 기억하는 것쯤이야 쉽죠"라고 대꾸했다.

콜브륀은 영주에게 다가가 그의 두 손에서 벨트를 집어들었다. 영주가 자리에서 일어났다. 콜브륀이 다시 말을 꺼냈다.

"하지만 영주님, 당신을 속일 생각은 없어요. 제가 사랑하는 사람은 재봉사 쥔느뿐이에요. 전 이미 그이에게 약속을 했지요. 이 벨트를 가져가는 즉시 저는 그이와 결혼할 거랍니다."

영주가 말했다.

"재봉사와 어떤 언약을 맺었는지는 그대가 이미 말했던 바네. 한데 나와 맺은 언약도 잊지 말게나. 내 이름을 잊지 말게. 기억하지 못할 경우, 재봉사에겐 안 된 일이지만 나는 그대를 데려갈 것이야."

콜브륀이 말했다.

"영주님이야말로 이미 하신 말씀을 되풀이하시네요. 전 바보가 아니에요. 아이드비크 드 엘이란 이름을 기억하는 일은 콜브륀이란 이름을 기억하는 일보다 더 어려울 것도 없지요. 한데 여태까지 제 이름을 기억하느라 애써본 적이 한 번도 없는걸요. 영주님은 제게 은혜를 베풀어주셨어요. 한데 1년 후에 영주님께서 가슴에 바람과 회한만 품게 되지 않을까 걱정이 되는군요."

"아마 그럴지도 모르지." 야릇한 미소를 지으며 영주가 말했다. "하지만 내가 그대라면 가능한 한 쬔느의 육체를 맘껏 사랑하고 품 안에 으스러지도록 껴안을 것이네."

이 말을 하면서 그는 다시 새하얀 망토를 둘렀다. 그리고 문지방을 넘어 울타리까지 다가가 말에 올라탔고, 다시 어둠 속으로 떠났다. 이윽고 영주와 그의 말이 강을 뒤덮은 희끄무레한 안개 속으로 사라졌다.

*

쥔느는 갑자기 잠에서 깨어났다. 눈길이 창문을 향했다. 겨우 동이 틀 무렵인데 벌써 누군가가 문을 두드리고 있었다. 급히 침대에서 뛰어내렸다. 속으로 이렇게 생각하면서.

"콜브룅이면 좋으련만. 벨트를 완성했나 보다."

그는 가서 문을 열었다. 두 사람은 테이블 앞에서 몸을 굽히고, 거기 놓인 두 개의 벨트를 들여다보았다. 둘을 비교해보았다. 그리고 함께 웃었다. 쥔느가 콜브룅에게 말했다.

"놀라운 솜씨야."

콜브룅의 얼굴이 붉어졌다. 흐뭇해서 가슴이 좍 펴졌다.

그들 앞에 펼쳐진 두 개의 벨트는 너무도 흡사해서 쥔느가 맡겼던 벨트가 어느 것인지 두 사람 모두 구별해내지 못했다.

콜브룅이 불쑥 말했다.

"그럼 내일부터 결혼 공시[1]를 할 수 있겠네."

34

쵠느는 내일까지 기다릴 필요도 없으니 그날 당장 공
시를 하러 가자고 대꾸했다. 그리고 이렇게 덧붙였다.

"내가 좀처럼 만들지 못한 것을 만들어낸 자수가와
결혼하게 되어 정말 자랑스러워."

그는 콜브뤤의 손을 잡았다. 그녀의 몸을 끌어당겼
다. 두 사람이 포옹했다.

그들은 결혼했다. 쵠느의 결혼 예물은 디브 강변의
목재 가옥 한 채, 피륙 열 필, 망치 한 개, 장검 두 자루
였다. 콜브뤤이 지참한 재산은 각각 하나씩인 나무테이
블, 의자, 부싯돌과 양초, 물레, 방추(紡錘), 사과와 원
형 수틀이었다. 모든 사람들이 보는 앞에서 쵠느는 자
신의 장식 벨트를 콜브뤤에게 매주었다. 콜브뤤도 자신
의 장식 벨트를 쵠느에게 주었고, 그것을 쵠느 자신이
허리에 묶었다. 장식 벨트를 맨 두 사람은 디브 마을 사
람 모두가 지켜보는 가운데 각자 배[梨]주 한 사발과

19 결혼 전에 성당이나 시청 입구에 결혼을 알리는 방을 붙여, 만일의
경우 두 사람의 결혼에 이의를 제기할 수 있도록 한다. 이의가 없으면
결혼식을 올린다.

능금주 한 사발을 마셨다. 이리하여 쥔느와 콜브륀의 결혼식이 마을 사람 전원의 합의를 얻고 끝났다.

결혼식은 대장장이가 주재했고, 선원, 모피 제조업자, 어부, 골조 기술자와 제빵업자가 배석한 가운데 치러졌다.

콜브륀은 암소의 등에 올라타고 쥔느의 집으로 갔다. 쥔느는 아내에게 열쇠 꾸러미를 맡겼다.

콜브륀은 화덕의 재를 삽으로 긁어냈다. 목욕을 하고 나서 머리칼을 치켜올려 리본으로 묶었고, 오른손에 망치를 집어들었고, 잠자리에 몸을 눕혔고, 두 다리를 벌려 남자를 받아들였다. 두 사람 모두 행복했다. 아홉 달이 흘러갔다.

아홉번째 달이 끝날 무렵의 어느 날이었다. 수틀에 끼운 천 위에 검은색 말의 형태를 수놓던 콜브륀의 얼굴이 느닷없이 일그러졌다.

어느 날 밤 자신의 집에 찾아왔던 영주가 기억에 떠올랐다. 그날 자신은 한밤중에 불을 밝힌 채 울고 있었다. 쥔느와 결혼하기 전날이었다. 그녀는 자신이 했던 약조가 생각났다. 영주의 이름을 막 떠올리려는 찰나 별안간 이름이 기억에서 사라졌다.

이름이 혀끝에서 맴돌고 있었으나 도저히 기억해낼 수 없었다. 이름은 그녀의 입술 주변에서 떠다니고 있었다. 아주 가까운 데 있었고, 느껴지는데도, 그녀는 이름을 붙잡아서, 다시 입속에 밀어넣고, 발음할 수가 없었다.

콜브륀은 당황했다. 자리에서 벌떡 일어났다.

아무리 기억을 더듬어도 허사여서 수수께끼 같은 영주의 이름은 도무지 생각나지 않았다. 두 눈에 두려움이 가득 고였다.

그녀는 방 안을 빙빙 돌았다.

그날 밤에 했던 자신의 동작들을 반복해봐도 소용이 없었고, 도기 그릇을 들고 사과를 가지러 지하 저장실에 내려가봐도 소용이 없었고, 발자취를 따라 다시 걸음을 옮겨봐도 소용이 없었고, 새하얀 망토, 검은색 말과 황금 멜빵을 떠올려봐도 소용이 없었고, 그날 밤에 자신이 했던 말들을 큰 소리로 되뇌어봐도 소용이 없었

다. 영주의 동작들이 떠올랐고, 그가 와작와작 씹어 먹
던 사과가 떠올랐고, 금빛 동의가 떠올랐고, 단어들과
문장들이 생각났다. 그러나 이름만은 도무지 기억해낼
수가 없었다.

*

콜브륀은 잠을 잃었다.

슬픔이 침실로 밀려들었다. 그녀는 밤새 두려움에 떠
느라 남편에게 몸을 허락하지 않았고, 침대에서 돌아누
워 잃어버린 이름을 애타게 찾았다.

남편은 놀랐다.

침실로 밀려든 슬픔이 주방으로 번졌다. 콜브륀은 음
식을 태웠다. 음식을 태우지 않을 때는 상 차리는 것을
잊었다. 화덕의 재를 삽으로 긁어내지 않아 지저분한
벽난로에선 연기가 났다. 심지어 식사 준비조차 잊을
때도 있었다. 공포심에 사로잡힌 그녀는 잃어버린 이름
을 찾는 일에 그토록 매달려 있었다.

남편은 화가 치밀어올랐다.

여자는 여위어갔다. 또다시 가시처럼 앙상해졌다. 침실과 주방으로 밀려든 슬픔이 텃밭으로 번졌다. 그녀는 자라나는 채소들을 더 이상 돌보지 않았다. 당근을 땅에서 캐내지도 않았다. 토끼들은 불안에 떨며 채소 잎을 기다렸다. 텃밭에는 더 이상 사과도 배도 열리지 않았으므로 새들마저 뜸해졌다. 그러자 사위(四圍)에 정적이 감돌았다.

그런데도 콜브륀은 구부정한 자세로 고개를 푹 숙인 채 멍한 시선으로 나뭇가지들 아래서 서성이며 오직 잃어버린 이름을 찾는 데 몰두했다.

남편이 느닷없이 그녀의 따귀를 갈겼다.

콜브륀은 눈물범벅이 된 얼굴을 들어 남편을 바라보았다. 남편은 아내의 두 손을 붙잡고는 그녀의 행동이 이토록 변한 이유가 무엇인지 못마땅한 태도로 물었다. 우리에게 슬픔이 닥친 까닭이 무엇인가?

왜 아내는 이제 식사도 거르는가? 몸을 맞대고 누워서도 남편을 거부하고, 폐부에서 쥐어짜듯 나오는 흐느낌으로 밤을 지새우는 이유가 무엇인가? 왜 텃밭에는 정적만이 감도는가? 왜 화덕이 차갑게 식었는가? 어째서 집안에선 고개를 숙인 채 서성이는가? 어째서 텃밭에선, 마치 무슨 말을 할 듯이 애를 쓰면서도 막상 말할 결심이 서지 않은 듯이, 미친 여자처럼 입술만 달싹거리며 서성대는가?

콜브륀은 아무런 대답도 할 수 없었다. 어찌나 세게 따귀를 얻어맞았는지 볼이 얼얼한 게 몹시 아팠다.

그녀는 더욱 서럽게 흐느꼈다. 코를 훌쩍이면서 남편의 품속에 얼굴을 묻었다. 딸꾹질과 흐느낌이 계속되었다. 쥔느는 아내의 머리칼을 쓰다듬으며 말했다.

"당신은 너무 많이 울어. 이렇게 많은 눈물을 흘리다니, 이제 당신을 디브라고 불러야겠어. 우리 마을을 흐르는 강의 이름을 붙여줘야 하겠어. 강물은 우리 집 나무들에 열매를 맺게 하고, 말과 암소들의 목을 축여주지. 우리는 그 물로 빨래를 하고, 수프를 만들고, 얼굴과 손을 씻어. 게다가 마치 물고기들이 강물 속에서 1년 열두 달 쉬지 않고 입을 빠끔대듯이, 당신도 하루 온종일 입술을 달싹거리고 있잖아."

돌연 콜브륀이 뒷걸음질로 네 발짝 물러섰다. 안색이 몹시 창백했다. 울음을 멈추더니 벨트를 풀어 쥔느에게 내밀었다.

단호한 태도로 남편을 마주 보고 똑바로 서 있었다. 콜브륀이 말했다.

"내가 당신을 속였어. 염치가 없어. 이 벨트는 내가 만든 게 아니야. 난 도저히 똑같이 수를 놓을 수 없었어. 그래서 속임수를 썼던 거야. 어느 날 밤이었어. 한밤중이었는데, 아무래도 똑같이 수를 놓을 수가 없어서 난 울고 있었어. 촛불이 켜져 있었지. 한 영주가 문을 두드렸어. 그는 이미 말을 울타리에 매어놓은 다음이었어. 하얀색의 커다란 망토를 두르고 있었지. 그 사람이 내게 이 벨트를 주었어. 만일 1년 후에 내가 그의 이름을 잊는다면 그의 소유가 되겠다는 약속을 했어. 그 후로 벌써 아홉 달이 넘게 지났어. 대체 이름이란 게 뭐야? 이름 하나 외우기보다 더 쉬운 일이 또 있을까? '벨트'라는 단어, 그걸 어떻게 잊어버려? '사랑'이라는 단어, 그걸 어떻게 못 외워? 당신 이름, 난 죽을 때도 그 이름을 부르게 될 텐데. 그런데도 그 이름만은 영 생각이 나질 않아."

재봉사가 다가와서, 벨트를 받아들고, 아내를 품에 안았다.

"울지 마. 당신을 사랑해. 내가 이름을 알아내든 영주를 찾아내든 하겠어."

*

다음 날, 동이 트기도 전에 쇤느는 일어나 옷을 입었다. 영주가 어느 쪽으로 갔느냐고 콜브륀에게 물었다. 그녀가 대답했다.

"저쪽으로."

쇤느는 그쪽을 향해 길을 떠났다. 줄곧 강줄기를 따라 걷다가 깊은 산중으로 들어가게 되었다. 나무꾼들과 말을 나누기도 하고, 나무들을 헤쳐가며 앞으로 나아갔다. 바위를 기어오르기도 했다.

이틀을 걷고 나니 피로가 엄습하여 그는 나무 그루터기에 주저앉았다. 그리고 울기 시작했다. 어느새 열번째 달의 반이 지나갔기 때문이다. 갑자기 토끼 한 마리가 앞에 나타나더니 콧잔등을 찡긋거렸다. 작은 토끼가 그에게 물었다.

"왜 울어?"

"난 하얀 망토를 두른 영주를 찾고 있어."

어린 토끼가 말했다.

"그럼 날 따라와!"

쥔느는 일어나 토끼를 따라갔다.

토끼는 그를 이끼 밑에 숨겨진 토끼 굴로 데려갔다. 쥔느는 웅크렸고, 엎드려서 네발로 기어가기 시작했다. 굴 속으로 들어간 그는 계속해서 땅 밑으로 내려갔다. 마침내 다른 세상에 도달했다. 그곳에는 어둠 속에서 하얗게 빛나는 큰 성이 있었다. 마침 도개교가 내려져 있었다. 그는 다리를 건넜다.

안마당에서 마부들이 말들을 솔질하고 있었다.

네모난 마당 한가운데서는 종복들이 커다란 금빛 사

륜마차를 문질러 광을 내고 있었다. 마차의 문을 닦는 이들도 있었다.

쥔느는 종복들에게 다가가서 정중하게 물었다.

"무슨 까닭으로 이 사륜마차에 윤을 내고 계신지 여쭤봐도 되겠는지요?"

"우리 주인님께서 조만간 지상으로 올라가실 채비를 하는 거랍니다. 주인님께서 아내로 맞이할 수놓는 젊은 여자를 데리러 가시는 거지요."

"당신네들이 윤을 내고 있는 이 사륜마차는 참으로 훌륭하군요." 쥔느가 말했다. "이토록 멋진 사륜마차를 가지신 영주님이시라면 당연히 멋진 이름을 지니셨겠지요? 사실대로 말씀해주세요."

"그건 사실이에요." 그들이 대답했다. "이건 아이드비크 드 엘님의 사륜마차랍니다."

쥔느는 부르르 몸을 떨었다.

"재봉사 쥔느가 아이드비크 드 엘님께 인사드린다고 전해주십시오."

그리고 사륜마차를 에워싼 종복들과 마부들에게도

일일이 인사했다. 그러자 마부들과 종복들도 제가끔 그에게 답례를 보냈다.

그는 성을 떠났다. 엘Hel을 벗어나 지상을 향해 올라왔다. '엘'은 노르망디의 옛 주민들 사이에서 지옥을 가리키는 이름이었음을 언급할 필요가 있겠다.

이 세상에 사는 모든 사람에게 지옥이 바로 이 세상을 가리키는 이름임을 언급하지 않을 수 없다.

쥔느는 토끼 굴을 빠져나왔다. 다시 지상으로 나오자, 디브 마을을 향해 달려가면서 아이드비크 드 엘이란 이름을 수없이 되뇌었다. 머릿속에 잘 간직하려고 그렇게 외우고 또 외웠다. 열심히 반복해서 외우는 일에만 전념했다.

강가에 이르자, 물에 비친 자기 집의 반영이 보였다. 그는 멈춰 섰다. 디브 강 수면에서 흔들리는 집 그림자가 참으로 아름답게 보였다. 그는 다리 난간에 손을 얹었다. 그리고 수면에서 반짝이며 흔들리는 집 그림자를 하염없이 바라보았다. 문득 시장기가 느껴졌다.

그는 몸을 일으키면서 다시 이름을 외워보려고 했다.

이름은 거기, 아주 가까운 곳에, 바로 그의 혀끝에서 맴돌고 있었다. 그의 입 주위에 안개처럼 떠돌고 있었다. 입술 끝에 더 가까워지기도 하고, 더 멀어지기도 했다. 그런데 막상 아내에게 그 이름을 말하려는 순간 이름은 감쪽같이 사라지고 말았다.

*

그는 이틀을 쉬었다. 밤이 되면 콜브륀이 쥐느의 품에 안겨 두려움에 떨었다. 남편과 헤어지게 될지도 모른다는 두려움 때문이었다. 열한번째 달이 되었다. 쥐느는 다시 떠났고, 강줄기를 따라 숲 속으로 들어갔다. 아무리 이끼를 들춰봐도 토끼 굴은 나타나지 않았다. 짐승들에게 땅 밑의 세상으로 가는 길을 물었지만 하나같이 묵묵부답이거나 도망쳐버렸다. 그래서 그는 오랫동안 숲에서 앞으로 걸어나갔다.

갑자기 숲이 끝나면서 눈앞에 바다가 펼쳐졌다.

그는 피로가 엄습해옴을 느꼈다. 그는 바다 위로 돌

출된 바위 끄트머리에 앉았다. 끊임없이 파도가 몰려와선 바위에 부딪쳤다. 그는 울었다.

가자미 한 마리가 바다 위로 머리를 쑥 내밀더니 물었다.

"왜 울어?"

쬔느는 하얗게 잔물결을 일으키며 파닥이는 가자미를 바라보며 이렇게 대답했다.

"난 하얀 망토를 두르고 황금 멜빵을 한 영주를 찾고 있어."

가자미가 물속으로 들어가며 말했다.

"날 따라와."

그는 바다 속으로 뛰어들었다. 바다 밑에 도달하고 보니, 해초의 벽 뒤편 어둠 속에서 하얗게 빛나는 큰 성이 보였다. 마침 도개교가 내려져 있었다. 그는 다리를 건넜다.

안마당에서 병사들이 검은 준마들의 등에 안장을 얹고 있었다.

네모난 마당 한가운데서는 종복들이 사륜마차 안에

빨간 쿠션들을 놓고 있었다. 요리사들은 마차 내부에 설치된 칸막이 주방에 값진 물병들과 은제 뚜껑으로 덮인 음식들을 날라다가 정성껏 늘어놓는 중이었다. 음식에서 맛있는 냄새가 풍겼다.

쵠느는 요리사들에게 다가가 정중하게 물었다.

"무슨 까닭으로 이 음식들을 마차 안에 싣고 계신지 여쭤봐도 되겠는지요?"

"우리 주인님께서 수놓는 젊은 여자를 데리러 지상으로 가실 채비를 하시는 거랍니다. 여행 중에 여자에게 간단한 식사를 대접하고 싶어하시니까요."

"정말이지 기막히게 좋은 냄새로군요." 쵠느가 말했다. "이토록 특별한 음식을 마련하신 영주님 자신은 당연히 특별한 이름을 가지셨겠지요? 사실대로 말씀해주세요."

"그건 사실이에요." 그들이 말했다. "이건 아이드비크 드 엘님이 매일 드시는 음식인걸요."

쵠느는 자신의 입술을 핥았다.

"재봉사 쵠느가 아이드비크 드 엘님께 인사드린다고

전해주십시오."

그리고 사륜마차를 에워싼 요리사들에게도 일일이 인사했다. 그러자 요리사들도 제가끔 그에게 답례를 보냈다.

그는 바다의 성에서 올라와 수면을 가르고 나왔다. 해변에서 몸을 흔들어 물기를 털어낸 다음, 모래사장을 가로질러 다시 숲 속으로 들어갔다. 그는 달리면서 아이드비크 드 엘이란 이름을 수없이 되뇌었다. 머릿속에 잘 간직하려고 그렇게 외우고 또 외웠다. 열심히 반복해서 외우는 일에만 전념했다.

그는 숲을 벗어나 저지대로 접어들었다. 강줄기를 따라서 걸었다. 다리로 들어섰다. 다리 위에 서자 자신을 부르며 달려오는 아내가 보였다. 날씨는 하루 종일 아주 포근했고, 때는 땅거미가 질 무렵이었다. 여자는 남편의 이름을 소리쳐 불렀다. 아내 뒤편에서 해가 뉘엿뉘엿 지고 있었다. 그래서 아내보다 앞장서서 달려오는 거대한 그림자가 보였는데, 그것은 저무는 태양이 다리의 나무판자들 위로 드리운 아내의 그림자였다. 시장기가 느껴졌고, 피로가 몰려왔다. 그는 자신에게로 달려오는 거대한 그림자 앞에서 발을 멈추고 우두커니 서 있었다.

그가 아내를 품에 안자, 아내는 이름을 알아냈느냐고 물었다. 그가 이름을 막 말하려는 순간 이름이 생각나지 않았다. 이름은 멀리 있는 것이 아니라, 바로 거기, 아주 가까운 곳에, 그의 혀끝에서 맴돌고 있었다. 그의 입 주위에 그림자처럼 떠돌고 있었다. 입술 끝에 더 가까워지기도 더 멀어지기도 했다. 그런데 막상 아내에게 이름을 말하려는 순간 이름은 감쪽같이 사라지고 말았다.

*

그는 이틀을 쉬었다. 콜브륀은 아예 밤에도 잠자리에 눕지 않았다. 집 안을 서성거리며 이름을 알아내려고 애를 썼다. 그녀는 두려움에 사로잡혔다. 열두번째 달이 되었다. 쥔느는 집을 떠났다. 강줄기를 따라 걸었고, 다리를 건넜고, 숲 속으로 들어갔으나 어린 토끼는 보이지 않았다. 그는 숲을 벗어나 바닷가로 갔다. 바다로 돌출된 바위 끄트머리로 갔으나 말을 걸어오는 물고기는 한 마리도 없었다. 멀리 자그마한 반도와 산이 보였다.

그는 산에 당도했다. 산을 오르는 데 꼬박 여러 날이 걸렸다.

산 중턱에 다다르자 비탈이 너무 가팔라 더 이상 오를 수가 없었다. 쥔느는 자신의 손가락들을 바라보았다. 온통 피투성이였다. 그토록 섬세하던 재봉사의 손가락들이 이 지경이 되었으니 앞으로 어찌 바느질을 할 수 있을까? 바늘귀에 실이나 꿸 수 있을까? 바위로 인해 뭉개져 두루뭉술해진 손가락에서 피가 흘렀다. 그는 울었다.

말똥가리 한 마리가 그의 옆에 내려와 앉았다.

말똥가리는 커다란 날개를 천천히 접고 나서 그에게 물었다.

"왜 울어? 바위 중간에 매달려서."

쥔느가 대답했다.

"나는, 하얀색 망토를 두르고, 황금 멜빵을 하고, 커다란 검은색 말을 탄 영주를 찾으러 가는 길이야. 그런데 더 높이 올라갈 수가 없구나."

말똥가리가 말했다.

"날 따라와."

"난 날지 못해." 재봉사가 대답했다.

"중요한 건 나는 게 아니라 떨어지지 않는 거야." 말똥가리가 대꾸했다.

"그게 무슨 소용이야." 쥔느가 말했다. "그래 보았자 아내가 부탁한 이름을 알아내지도 못할 텐데. 난 도로 내려가겠어."

"날 따라와. 멀지도 않으니까." 말똥가리가 응수했다. "내가 산의 갈라진 틈을 가리켜줄게."

과연 멀지 않았다. 말똥가리는 날아서 갔고, 쥔느는 바위에 매달려가며 새를 따라갔다. 새가 한쪽 날개를 좍 펴서 산의 갈라진 틈을 가리켰다.

쥔느는 그 틈새로 들어가 아래로 향했다. 내려가는 데만 여러 날이 걸렸다. 깊은 구렁의 밑바닥에 도착하니 심연의 저 멀리에서 하얗게 빛나는 큰 성이 보였다. 그는 황급히 앞으로 달려나갔다. 달리다가 넘어져서 무릎을 부딪치기도 했다. 마침 도개교가 내려져 있었다. 그는 무릎을 문질러가며 다리를 건넜다.

안마당에서는 기사들이 말에 올라타는 중이었다.

네모진 마당 한가운데서는 네 명의 병사가 금빛 사륜마차의 지붕 위로 올라갔고, 검을 휘둘렀다.

쾬느는 병사들에게 다가가서 정중하게 물었다.

"무슨 까닭으로 빈 마차 위에 올라가서 검을 번쩍번쩍 휘두르고 계신지 여쭤봐도 되겠는지요?"

"주인님께서 조만간 당도하실 겁니다. 수놓는 젊은 여자를 데리러 지상으로 가시려고요. 그런 주인님을 보호하는 일이 우리 임무지요."

"이 검들에서는 비할 데 없는 광채가 나는군요." 쾬느가 말했다. "이처럼 눈부시게 빛나는 검들을 가지신 분이라면 당연히 괄목할 만한 이름을 지니셨겠지요? 사실대로 말씀해주세요."

"그건 사실이에요." 그들이 대답했다. "이 검들 모두가 아이드비크 드 엘님의 소유랍니다. 하지만 지금은 길을 좀 비켜주세요. 우린 떠날 채비를 해야 하니까요."

쥔느는 달리기 시작했다. 그리고 뒤를 돌아보며 큰 소리로 말했다.

"재봉사 쥔느가 아이드비크 드 엘님께 인사드린다고 전해주십시오."

그는 달렸다. 그리고 영양(羚羊)처럼 바위들을 기어올랐다. 마침내 지옥을 빠져나왔다. 그는 또다시 달리기 시작했다. 달리면서 아이드비크 드 엘이란 이름을 수없이 되뇌었다. 머릿속에 잘 간직하려고 그렇게 외우고 또 외웠다. 열심히 반복해서 외우는 일에만 전념했다.

*

디브에서는 콜브룅이 쥔느를 기다리고 있었다. 그녀는 바싹 여위었다. 잊어버린 이름을 기억해내려 애쓰고 있었다. 두려움으로 몸을 떨었다. 이제 운명의 날이 사흘 앞으로 다가왔는데, 쥔느는 여전히 돌아오지 않고 있었다. 그녀는 아무리 기억을 더듬어봐도 이름이 생각나지 않았다. 쥔느와 헤어질 일이 어찌나 두려운지 진땀이 아니라 피땀을 흘릴 지경이었다. 그녀는 발받침을 놓고 올라서서, 대들보에 걸린 남편의 검을 하나 내렸고, 그 검의 날을 갈았다. 죽을 작정이었다. 영주의 아내가 되고 싶지 않았기 때문이다. 그녀는 오직 쥔느의 아내였던 것으로 그치고 싶었다.

*

쥔느는 계속해서 이름을 되뇌었다. 열두번째 달의 스물아홉번째 날이었다. 그는 바위에서 바위로 건너뛰면서 다시 산을 내려왔다. 모래사장에 다다랐다. 그는 달렸다. 숲이 나타날 때까지 줄곧 해변을 따라 달렸다. 열두번째 달의 서른번째 날이었다. 그는 계속 달렸다. 숲속으로 들어갔고, 숲을 통과했다. 열두번째 달의 서른한번째 날이었다. 밤이 이슥했다. 밤 11시였다. 그는 달리고 있었다. 다리를 건넜다. 강물에 비친 영상도 없었고, 그림자마저 즉시 어둠 속으로 사라졌다.

그는 문을 열고 들어갔고, 아내를 바라보지 않았다. 그녀는 공포에 사로잡혀 피땀을 흘리고 있었다. 손에 검을 쥐고서, 그를 등진 채 화덕을 마주 보고 앉아 있었다. 칼끝이 바닥을 향해 세워져 있었다.

그가 큰 소리로 외쳤다.

"아이드비크 드 엘, 이게 바로 영주의 이름이야!"

그는 바닥에 쓰러졌다. 콜브륀이 돌아보았다. 그녀가 몸을 일으키는 순간 자정을 알리는 첫번째 종이 울렸다. 그러자 갑자기 바람이 불면서 문이 열렸고, 엘Hel의 영주의 모습이 문틀에 나타났다. 어깨에 두른 하얀색의 큼직한 망토 밑으로 멋지게 차려입은 예복이 보였다. 황금 멜빵을 두르고 있었다. 뒤편의 어둠 속에서 빛나는 황금마차가 보였다.

영주가 웃으면서 앞으로 다가왔고, 콜브륀의 손을 잡으려 했다. 그녀는 손을 뒤로 잡아 빼면서 몸을 앞으로 기울여 그에게 물었다.

"영주님, 손은 왜 잡으시려는 건가요?"

"콜브륀, 내 이름을 기억하는가?"

"그럼요. 영주님의 이름을 기억하고말고요. 영주님이 알고 계신 여자분들은 자기 은인의 이름을 잊어버리나 보군요."

"내 이름이 뭐지?" 영주가 물었다.

"내 혀가 그 이름을 가져올 동안 잠시만 기다려주세요. 내 입이 그 이름을 발음할 동안 잠시만 기다려주세요."

"어서 이름을 말하라." 영주가 큰 소리로 채근했다.

콜브륀이 미소를 지으며 나직하게 대답했다.

"아이드비크 드 엘이 당신의 이름이지요."

그러자 영주가 외마디 비명을 질렀다. 천지가 캄캄해졌다. 모든 게 꺼졌다. 지금 내가 말을 함으로써 꺼버린 이 촛불처럼.

말을 하는 사람은 누구나 빛을 끈다.

어둠 속을 내닫는 말발굽 소리만 들렸다.

*

콜브륀이 용기를 내어 눈을 떠보니 이미 마차는 사라지고 없었다.

콜브륀은 정신을 잃고 쓰러진 쥔느에게 몸을 굽히고 입을 맞추었다.

어둠이 얼마나 짙었던지, 요 며칠간 자신이 겪었던 암흑처럼 어찌나 캄캄했던지, 그녀는 부싯돌을 비벼 촛불을 켰고, 그것을 남편의 얼굴 가까이 놓느라 그녀의 머리칼과 얼굴이 남편의 얼굴 위로 거의 겹쳐졌다. 아내는 그에게 입술을 갖다 대었고, 잠든 남편의 고른 숨소리를 들었다.

*

쥔느는 비쩍 말라 있었다. 시장기 때문에 배에서 꾸르륵거리는 소리가 났다. 콜브륀은 손에 촛불을 든 채로 땅에 무릎을 꿇었다.

"주님께 기도드리옵나이다. 당신의 이름을 기억하는 데 바쳐진 이 초가 꺼지지 않고 영원히 타오르게 하소서. 그리하여 이 밤의 어둠을 걷히게 하소서(Oramus ergo te, Domine: ut cereus iste in honorem tui Nominis consecratus, ad noctis hujus caliginem destruendam, indeficiens perseveret)."

쥔느가 잠에서 깨어났다. 기력은 쇠잔했고, 얼굴도 창백했다. 콜브륀이 남편의 손을 잡아 일으켜주었다. 두 사람은 촛불 앞에 나란히 함께 무릎을 꿇었다. 그리고 이렇게 기도를 올렸다.

"주님께 기도드리옵나이다. 당신의 이름을 기억하는 데 바쳐진 이 초가 꺼지지 않고 영원히 타오르게 하소서. 그리하여 이 밤의 어둠을 걷히게 하소서(Oramus ergo te, Domine: ut cereus iste in honorem tui Nominis consecratus, ad noctis hujus caliginem destruendam, indeficiens perseveret)."

두 사람은 잠시 두려움에 떨었지만, 그 이후로는 평생을 행복하게 살았다. 그들의 아이들과 아이들의 아이들이 번성했다. 마침내 때가 되어 그들은 테이블 한 개, 초 한 자루, 실타래, 짐승의 털로 양모 실을 잣는 물레 하나, 그 실을 감는 방추 하나, 그리고 그들의 이야기를 들려줄 내 목소리를 남기고 죽었다.

메두사에 관한 소론

우리 가족은 외르[20]와 아브르 강변을 떠났다. 내 나이 두 살 때였다. 우리는 노르망디의 르아브르로 이사했다. 그 항구도시가 재건되기 시작하던 무렵이었다. 방들의 창은 아득히 펼쳐진 폐허를 향해 있었다. 폐허가 끝나는 곳에서 시작되는 바다가 보였다.

우리 엄마는 언제나 주방 문을 등지고 식탁의 맨 끝자리에 앉으셨다. 이따금 엄마는 느닷없이 우리에게 입을 다물라고 하셨다. 엄마가 고개를 치켜들었다. 시선

---

20 프랑스 북동부 오트노르망디 지방의 주.

이 우리에게서 떠나 막연한 곳을 헤매었다. 침묵 속에서 엄마는 한 손을 들어 우리들 머리 위로 내밀었다. 어떤 단어를 찾고 계신 거였다. 갑자기 모든 게 정지했다. 갑자기 아무것도 더 이상 존재하지 않았다.

넋을 잃고 얼이 빠진 듯한 엄마는, 어디에도 고정되지 않은 채로 빛을 발하는 시선으로, 혀끝에서 맴도는 단어를 불러들이느라 말없이 애를 쓰셨다. 우리들 자신도 엄마의 입가에 머물러 있었다. 우리도 엄마와 마찬가지로 신경을 곤두세웠고, 우리의 침묵——전심전력을 기울인 침묵——으로 엄마를 도왔다. 당신이 잃어버린 단어, 당신을 절망에 빠뜨린 단어를 찾아내게 되리라는 사실을 우리는 알고 있었다. 환각에 사로잡혀 온몸이 휘청거렸다. 엄마는 그 단어를 소리쳐 불렀다.

이윽고 엄마의 표정이 밝아졌다. 단어를 찾아내신 것이다. 엄마는 불가사의라도 되는 듯 그 단어를 발음하셨다. 그것은 불가사의였다. 찾아낸 단어는 모두가 불가사의다.

메두사의 시선과 마주친 남자가 돌로 변하듯이, 떠오르지 않는 단어의 시선과 마주친 여자는 조상(彫像)처럼 굳어진 모습이 된다.

오르페우스가 지옥에서 올라오다가, 사랑하는 아내가 뒤에 있는지, 자신을 따라 잘 올라오는지 확인하려고 문득 뒤를 돌아보는 것과 마찬가지로, 이름nom[21]을 찾기 위해 빠져드는 정신 집중은 되살아나는 감동을 기억이란 거짓된 형태로 석화시키고, 이름의 귀환을 오히려 마비시킨다. 정신 집중은 그것이 추구하는 바에 족쇄를 채운다.

알고 있는 단어를 빼앗김으로써 겪게 되는 이런 경험은, 우리에게 내재된 인류의 망각이 기세를 떨치게 될 때의 경험이다. 이 경험을 통해 우리는 사고의 우발적 특성, 정체성의 취약한 본성, 기억의 무의지적 소재(素

---

21 주 4 참조.

材), 그리고 오직 언어로만 짜여진 그 직물을 손으로 만질 수 있게 된다. 그것은 우리의 한계와 죽음이 처음으로 뒤섞일 때의 경험이다. 그것은 인간의 언어 특유의 궁핍함이다. 후천적으로 획득된 어떤 것 앞에서 느껴지는 궁핍함이다. 혀끝에서 맴도는 이름은 언어가 우리 내면의 반사 행위가 아니라는 사실을 상기시킨다. 인간은 눈으로 보듯이 입으로 말하는 동물이 아니라는 사실을 환기시킨다.

*

단어 하나를 잃을 수도 있다는 것은 언어가 곧 우리 자신은 아니라는 사실을 의미한다. 우리가 지닌 언어는 획득된 것이다. 그것은 언어를 버릴 수도 있다는 뜻이다. 우리가 언어를 버리는 주체가 될 수 있다는 것은 우리의 혀끝에 무슨 언어든 떠오를 수 있다는 의미이다. 다시 말해서 우리가 외양간, 정글, 유아기 이전, 죽음, 그 어느 것과도 합류할 수 있다는 뜻이다.

*

비행기에서 내려다보면, 곡물 밭 군데군데 방치된 과거의 잔해들이 마치 음습한 응달처럼 보인다. 이토록 넓고 풍요로운 지역에서 그런 땅의 소유를 탐할 리 만무한 까닭에 아무도 파내려들지 않는 잔해들이다. 로마 시대의 별장*Villae*일까? 신석기 시대의 옛 성소(聖所)일까? 켈트족의 야영지거나 혹은 최근에 헐린 19세기의 낡은 공장일까? 그것은 우리 내면에 깃들어 있다가 불거져 솟아오르는 그림자이다. 하지만 실체도 없고, 단어 하나가 소실되어 생긴 거리 때문에 혼령들을 소생시킬 능력도 없는 그림자이다. 그것은 급하게 서두르는 그림자이며, 끊임없이 육체 내부의 심연 속으로, 목구멍의 심연 속으로 다시 떨어지고 마는 그림자이다. 혹은 자신 밖으로 새어나오는 수증기, 대기 중으로 빠져나와 주변을 떠돌다가 잘게 부서진 단어의 가벼운 운무(雲霧)이다.

*

갑자기, 나는 성유물(聖遺物)이 빠져나간 성유물함이
된다. 성유물은 귀환에 동의하고 달아난 것으로 보인다.

나는 내가 기억하지 못하는 무엇에 대한 기억이 있다.

만일 손이 팔에 달린 것처럼 나를 어머니에게 이어주
는 기억이 있다면, 그것이 바로 이 장면이다.

이 장면은 내게 어머니를 완벽하게 재현시켜준다. 어
머니는, 내 입 속의 혀가 아주 드물게 그렇게 되듯이,
나 자신이 된다. 어머니는 바로 '잃어버린 시선'이며,
이 시선에서 '우리'는 중요하지 않다.

*

나는 두 번이나 언어를 잃었다. 18개월 되었을 때 내
말문이 닫혔다. 나는 격자로 엮어 만든 파란색 테이블
에 앉아 어둠 속에서 밥을 먹었다. 그 테이블이 나 자신
보다 더 또렷이 기억난다. 그것은 접이식이었다. 내 침

묵의 테이블이었다.

내가 테이블이나 책상에 관해 글을 쓴 적이 전혀 없고, 그런 것들을 소유할 생각도 없는 것은 바로 그런 이유에서이다.

폭력에 '절약'과도 같은 개념이 있다고 여긴 적은 한 번도 없었다. 나는 침묵에 매료된 아이였다. 기억에는 있지만 떠오르지 않는 단어를(이름을) 찾아내기 위해 어머니가 기울이던 노력에 자신도 전심전력을 쏟던 아이였다. 나는 어머니의 사고의 흐름에 나 자신을 완전히 일치시키고, 길 잃은 단어 하나를 찾아 비탄에 잠겨 운하와 길들을 되짚어갔다. 그 후에는 나 자신을 어머니의 아버지와 동일시했다. 그 다음에는 어머니의 할아버지와 동일시했다. 그렇게 함으로써 내가 증명할 수 있었던 것은 어머니에 의해 이 세상으로 나오기도 전에 이미 예정되어 있던 나의 정체성에 지나지 않았다. 왜냐하면 내 이름에 덧붙여진 샤를과 에드몽이란 이름이 각기 두 분 할아버지의 이름인 까닭이다. 어린애였던 나는 증조할아버지께서 되고 싶어하던 시인이 되려면 할아버지가 지닌 문헌학, 언어학, 라틴어 지식을 습득해야 할 것처럼 여겨졌다. 두 분 다 소르본의 교수였고, 두 분 다 서적 수집가였다. 그런 연유로 나는 터무니없게도 우연히 시간을 거슬러 올라가게 되었다. 나는 로마의 강변으로 떠밀려갔고, 우르[22]의 유적 속에 던져졌으며, 마침내 가장 오래된 동굴 속으로 들어가게 되었다. 그림이 그려진 동굴 내벽에는 침묵이 깃들어 있었다. 우리의 삶은 기묘한 폭정의 지배를 받는다. 폭정은 오류이다. 내가 쓴 책들이 옛날에 죽은 낯선 혼령들을 발굴해냄으로써 성공을 거두었다고 기록하자니 이상하다. 유령들이 생존자들보다 더 많은 미래를 지니고 있다. 책들은 밭에 드문드문 드리워진 응달들이다. 나는 결여된 언어를 성급하게 침묵의 형태로 맞바꾼 아이였다. 침묵의 파수꾼이었다. 내가 그 침묵이 되었다. 나는 침묵의 형태로 부재하는 단어 속에 '붙잡혀 있는' 아이였다. 유아 우울증이 생긴 것은 르아브르로 이사한 직

---

22 이라크 남부 유프라테스 강 부근에 있던 수메르의 도시국가.

후였는데, 이사로 인해 내가 무티 Mutti[23]라고 부르던 젊은 독일 여자와 헤어지게 되었기 때문이다. 엄마가 아파서 누워 있는 동안 나를 돌봐주던 무티였다. 나는 실어증에 걸렸다. 나는 '무티'라는 이름 속으로 빠져들었다. 그 이름이 내게는 엄마의 이름보다 더 소중했고, 불행하게도 지상 명령이었다. 혀끝에서가 아니라 내 몸의 끝에서 맴도는 단 하나의 이름이었다. 오직 내 몸의 침묵만이 그 이름을 존재시키고, 실현시키고, 그것의 온기를 되찾게 할 수 있었다. 나는 욕망 때문에, 습관적으로, 의도적으로, 혹은 직업 삼아 글을 쓰는 게 아니다. 나는 생존을 위해 글을 썼다. 내가 글을 썼던 이유는 글만이 침묵을 지키며 말을 할 수 있는 유일한 방식이었기 때문이다. 말을 거부하며 말하기, 말없이 말하기, 길목에 지켜서서 결여된 단어를 기다리기, 독서하기, 글쓰기, 이 모두가 동일한 것이다. 그 이유는 상실이 피난처 le havre[24]

---

23 독일어 Mutti는 '엄마'라는 뜻이다.
24 '피난처, 안식처'란 의미를 지닌 단어 'le havre'와 노르망디 지방의 항구 도시 'Le Havre'는 발음이 같다.

였던 까닭이다. 왜냐하면 상실은 언어에서 완전히 추방되지 않으면서 그 이름 속에 피해 있을 수 있는 유일한 방식이었기 때문이다. 마치 미친 사람처럼, 그 자체로 외롭고 불행한 바윗돌처럼, 짐승처럼, 죽은 사람처럼.

열여섯 살이 되자 나는 또다시 실어증에 걸렸다. 이유는 말하지 않겠다. 『혀끝에서 맴도는 이름』이라고 제목을 붙인 이 동화는 나의 비밀이다.

제1부

내가 지적하려는 언어의 '기능 부전défaillance'은 우리 모두에게 공통된 경험이다. 언어 기능 부전의 특수성은, 말로 표현될 수 없는 것이지만, 그것이 우리 내면에서 느껴지는 구체적인 경험이므로, 언어의 획득과 죽음을 운명이라 말하기 곤란함에도 불구하고, 이 경험이 전혀 막연하지 않다는 사실에서 기인한다. 기억의 기능에서 나타나는 장애는 몸이라는 물질 속에 각인된 것들의 저장소에서 발생하는 것이 아니라, 덩어리 상태로 저장된 것들 중에서 단 하나의 정보를 선정, 추출, 소환, 복귀시키는 과정에서 발생한다. 망각은 기억 상실이 아니다. 망각은 과거의 덩어리에서 귀환하기를 거부하는 것이다. 망각은 부서지기 쉬운 것의 소멸과는 달라서, 견디기 힘든 무엇의 매장에 과감히 맞선다. '붙잡아두기 retenir'는 우리가 귀환을 바라는 어떤 기억을 보존하려고 그 '나머지'를 모두 버리도록 망각을 작동시키는 작전이다. 그렇게 해서 '불러들이기 revenir'는 결핍과 상실의 자리를 마련한다. 기억이란 무엇보다도 잊혀지게 될 것들 중에서 행해지는 선별 작업이며, 그런 다음 기억의 기초인 망각의 지배에서 멀리 떼어놓을 목적으로 선별된 것을 보유하는 일이다. 암기가 바로 그런 것이다. 암기를 하려고 아이는 손바닥으로 책장을 가린다. 불러들여야 할 것을 보지 않기 위해서다. 망각은 잊혀질 것과 기억될 것을 삭제하고 분류하며, 파내고 파묻는 동시에 그것들을 영원히 결합시키는 최초의 공격적 행위이다.

입가로 귀환하지 않으려는 단어들이 자신들의 결핍에 걸맞지 않는 권력을 우리에게 행사하는 것은 이런 범위 내에서이다. 단어들이 이탈됨으로써 우리가 앞당겨 알게 되는 사실은 이내 반감으로 바뀐다. 이 단어들은 감동이나 두려움을 존중하지만, 우리가 그런 감정들을 주문하지 못하는 이유는 단어의 이탈이 의도적으로 그런 감정들을 결여할 목적으로 이루어지기 때문이며, 또한 우리 내부에 언어에 앞서, 즉 언어가 상감(象嵌)되기 이전에 이미 체험된 그런 감정들을 소환할 수 있는 유일한 끈이 오직 언어뿐이기 때문에 더욱 그러하다. 습득된 다음에 결여된 단어로 인한 비탄 뒤에 숨겨진 것은 존재하지 못하게 된 어떤 것, 태어난 어떤 것에 대한 비탄이다.

망각은 본원적인 것이다. 그것은 유년기 특유의 기억 상실이다. 설상가상으로 기억 상실 자체가 이중적인 탓으로 이 결함의 장애는 배가된다. 우리 내면에서 떠돌고 있는 상실된 기억은 두 가지, 즉 기원과 유년기다. 하나는 두 육체의 *교합coire*에서 발생된 우리의 수태와 관련된 기원에 관한 기억 상실인데, 이들은 전혀 다른 일을 한다고 믿으면서 자신들의 행위의 결과를 모르는 채 우리를 만들어낸 장본인이다. 다른 하나는 우리가 한 나라 혹은 한 문화권의 언어를 획득하기 이전에는 기억의 작동이 지체되는 것과 관련된 유년기에 대한 기억 상실이다. 사람의 경우 뇌의 불확실한 구조들이 성숙되려면 적어도 네다섯 살은 되어야 한다. 최초의 기억은 대체로 서너 살이 되어서야 비로소 생긴다. 기억이 싹트면 그것은 이내 언어의 기슭에서 부르르 몸을 털고 나서 그곳에 버티고 선다. 그때까지 우리는 살면서도 자신이 살아가는 모습을 바라보지 않는데, 그럴 수가 없기 때문이다. 이런 융합 상태는 생물학적인 것이다. 두뇌는 차츰 망각에 대한 망각을 배워간다. 망각에 대한 망각을 암기하는 것은 차츰 관계 대신에 대상들을 기억하게 되었음을 의미한다.

따라서 최소한 세 가지 기억을 열거할 필요가 있다. 즉 존재하지 않았던 무엇에 대한 기억(환상), 존재했던 무엇에 대한 기억(진실), 접수되지 못한 무엇에 대한 기억(현실)이 그것이다. 하나의 기억은 고개를 뒤로 돌려 지옥을 바라보는 시선에 드러난 무력한 기억 상실의 흔적과는 번번이 다른 무엇이다. 이런 흔적이 귀환하려면 환영이 필요한데, 소멸을 부정하는 환영이 나타나려면 너무도 끔찍한 결핍과 고통스런 젖 떼기와 참을 수 없는 배고픔을 겪어야 하며, 존재하지 않는 무엇을 보고 그것을 회상하기에 이르러야 한다. 즉 대체물 Ersatz을 보아야만 한다. 그것이 '꿈꾸기'라는 것이다. 모든 꿈은 젖이 없을 때 우리가 불러들이는 어머니의 유방이다. 모든 꿈은 그 자체로 결핍이다. 그것은 비현실의 젖 빨기이다. 그것은 삼중의 과거, 즉 존재했던 적이 없는 과거, 존재했던 과거, 거부된 과거를 기억하는 기묘한 침대이다.

따라서 언제나 그렇지만, 파롤[25]은 모두가 불완전하다. 비록 기억을 전적으로 의도적인 행동이라 가정한다 해도, 모든 파롤은 두 가지 이유에서 불완전하다. 첫째,

---

25 파롤 parole은 개인이 발화하는 언어를 가리킨다.

파롤은 어느 때건 존재했던 적이 없기 때문이다(언어 langage는 습득된 것이므로). 둘째, 지시 대상은 기호로서 충족되지 않는다(기호는 언어이다). 어떤 이름도 그 대상을 지시하기에 꼭 들어맞지 않는다. 언어에는 무엇인가가 부족하다. 그래서 언어에서 배제된 무엇이 파롤로 침투해 들어갈 수밖에 없으며, 그로 인해 파롤은 고통을 겪는다. 그 무엇이 이 단어이다.

모든 파롤은 달아나는 어떤 것과 합쳐지려고 한다. 모든 이름은 노스탤지어의 뒤편에 있는, 즉 지옥의 흔적과 대체물인 환영 사이에 있는 노스탤지어를 작동시킨다. 단어의 귀환 불능, 노스탤지어, 귀환 불능으로 인한 고통, 이런 것이 언어이다. 파롤이 기억에게 욕망을 제공하면, 기억은 그것을 꿈에게 보내며, 특히 끊임없이 몰려오는 귀환보다는 망각의 선택——이때 기억의 정체성이 성립된다——에 몰두한다.

혀끝에서 맴도는 이름은 혀가 꽉 끌어안지 못하는 무엇에 대한 노스탤지어이다. 노스탤지어가 최초인 이유는 언어의 결여가 사람에게 가장 먼저 나타나기 때문이다. 노스탤지어는 잃어버린 대상에 앞서 존재하며, 세상보다도 먼저 나타난다. 이 노스탤지어는 언제나 뒤늦게 나타나는 단어들을 가지고 융합의 공상이나 연속의 이미지를 만들어낸다. 노스탤지어 이전에 있었을 융합이나 연속에서 대상들은 자신의 윤곽을 취해 총체적 형태를 갖춘 별개의 육체가 될 수 있으며, 그로부터 비롯된 우리에게 매혹을 행사하러 온다. 단어들의 기원에는 어둠이 있다. 존재하지 않는 것들의 환영을 만들어내는 꿈이 단어들을 태어나게 한다. 그리하여 무시무시한 어둠, 기원에 있기 때문에 접근조차 불가능한 어둠은 단어들의 운명이기도 하다. 가시적인 한 육체를 욕망한다고 믿는 욕망마저도 이 어둠에 바쳐진다. 욕망이 끌어안는 육체 안에서 욕망의 대상이 되는 것은 육체에는 결여된 무엇이다. 혀끝에서 맴도는 어떤 이름을 가진 자의 시선은 바로 이 어둠을 응시한다. 그는 자신의 꿈을 지켜 서서 기다린다. 그리고 비현실적인 충족 자체를 꿈꾼다. 언어는 환영을 꿈꿀 때 자신의 진실에 가장 가깝게 접근한다. 소설은 담론보다 더욱 진실하다. 에

세이는 언제나 좀 수다를 떠는 편이어서 어둠을 피해 전속력으로 어둠의 침묵을 빠져나와 언어와 공포 속으로 달아난다. 그 고통이 우리를 취한 상태로 몰아넣거나, 작품 속으로 빠져들게 한다.

제2부

1899년 지그문트 프로이트는 꿈에 관한 한 책에 불쑥 어떤 문장을 썼는데, 그것은 사고(思考)를 난폭하게 굴복시키고 단번에 모든 언어를 수치스럽게 만드는 다음과 같은 문장이었다. "사고는 환각을 일으키는 욕망의 대체물에 지나지 않는다(Das Denken ist doch nichts anderes als der Ersatz des halluzinatorischen Wunsches)." 한편으로 모든 사고는 원래 거짓인데, 다른 한편 모든 단어 역시 거짓말이다. '대체물 Ersatz'은 프로이트의 용어이다. '백일몽 songe'과 '거짓말 mensonge'에는 프랑스어의 언어 유희가 들어 있다. 두 단어의 관계는 예전에 통용되던 두 단어 '승화된 것sublimé'과 '숭고한 것 sublime' 사이의 관계와 유사하다. 사고가 원래 허구일 수밖에 없는 이유는 부재하는 무엇을 부정하게 되어 있기 때문이다. 인간의 사고는 실재(實在)와의 어긋남인 부재(不在), 그리고 부재와의 어긋남인 부정(否定)이라는 두 가지 소재로 구성된다.

우리의 근원에는 빈칸이 하나 있다. 우리는 기원에 대한 사고가 불가능함을 느낀다. 기원에 대한 사고가 불가능한 까닭에 우리 자신에 대한 사고도 불가능해진다. 우리는 자신이 존재하지 않았던 장면에서 생겨났지만, 그 장면은 그럼에도 불구하고 우리의 욕망으로 표현되고 꿈으로 재현된다. 꿈의 기호가 발기인 것은 그렇기 때문이다. 발기야말로 사실상 그 장면에 필요한 기호이다.

*

갑자기 번쩍 들린 고개, 잃어버린 단어를 불러들이려

고 긴장된 육체, 먼 곳으로 떠난 시선, 돌아오지 못하는 무엇의 탐색에 연루된 시선——이 머리 전체가 절대적으로 성적(性的)이다.

*

잃어버린 단어의 탐색에서 침묵은 발기에 해당한다. 그런데 인간의 언어 탐색은 낮에 일어난다. 잠이 떠났으며, 어둠이 떠났으며, 꿈이 떠나버린 발기, 그것이 언어의 기능 부전이다.

*

사람의 경우에 죽음이 행복 속에서가 아니라면 어디에서 나타날까? 쾌락은 사지(四肢)가 녹아내림을 수단으로, 재흡수를 목적으로 한다. 충족의 환각 속에서 삶은 완결되고 탐색은 보상받고 시간은 붕괴된다. 그것이 열반(涅槃)이다. 열반에 이르면 언어 자체가 사라진다.

무어(無語), 무아(無我), 무념무상(無念無想), 무욕(無慾)의 경지가 열반이다. 불교에서 열반이란 주체가 내파(內破)하여 무욕으로 녹아들어간 상태를 이른다. 진짜 죽음, 즉 타인의 죽음은 이러한 충족과 용해, 행복의 체험을 배경으로 그 후에야 비로소 나타난다. 죽음이 불행의 빛을 띠고 나타나서 불평에 머무르는 것, 다시 말해 삶의 피로와 추방된 사고에 머무르는 것도 오직 행복에서 출발했기에 가능한 일이다. 삶의 피로와 추방된 사고는 우연히도 쾌락을 지시하는 기호가 아니다. 욕망은 불평과 마찬가지로 이렇게 말한다. "나는 충족되고 싶다. 나는 죽고 싶다."

쾌락은 잠을 원하여 잠 속으로 빠져든다. 쾌락은 어둠을 요구한다. 어둠은 언제나 최초의 어둠이며, 또한 마지막 어둠이다. 전기(傳記)라고 명명된 육체의 '기간(其間)'과 언어의 '기간'이 경과된 후에 쾌락이 합류하게 될 어둠이다.

이런 의미에서 언어는 언제나 어둠과 침묵 간의 소름 끼치는 투쟁이다. 언어는 나타날 듯 말 듯 애를 태우는

원초적 장면이다. 그것은 기관organ의 죽음으로 마침
내 완전히 충족되는 오르가슴orgasm의 죽음을 추구하
는 투쟁이다. 바로 그런 까닭에 찾던 단어를 되찾았을
때 나타나는 표정은, 여자의 얼굴이라 할지라도, 사정
(射精)이 임박하여 파국이 닥치려 할 때 남자의 얼굴에
떠오르는 표정과 매우 흡사하다.

*

내가 혀끝에서 맴도는 단어를 계속 헛짚어낸다 해서
다른 단어들의 경우에도 그런 것은 아니다. 나는 고개
를 치켜들고 한 팔을 앞으로 내민 여자의 머리채를 낚
아채지는 않는다. 뻗은 채로 멈춘 팔은 마치 '신비의 빌
라'[26]의 가려진 남근상 앞에서 겁에 질린 귀부인들의 정
지된 동작에 비견할 만하다. 어떤 이름이나 어떤 개념,

---

26 이탈리아 폼페이 외곽에 위치한 옛 귀족의 별장 이름. 언급된 문제
의 프레스코화에 관해 키냐르는 『섹스와 공포』(Paris: Gallimard, 1994)
에서 자세히 기술하고 있다.

비록 그 이름이 알던 것이고 그 개념이 기호 없이도 느껴지는—진짜로 느끼기보다는 그 일보 직전인 "알 것 같아. 거의 감(感)이 온다!"에 도달한—것일 때, 이런 것들에 대한 기억의 '지배 불능'은 곧 자신에 대한 지배 불능일 뿐만 아니라, 달아나는 단어를 다시 손으로 움켜쥐지 못할 경우 덮쳐올 죽음의 그림자이다. 그것은 침묵 속에 놓인 손이다. 말 없는 포식(捕食)이다. 글쓰기, 단어를 찾아내기, 그것은 느닷없는 사정(射精)이다. 그것은 자제력 rétention, 정신 집중 contention, 갑작스런 도착이다.

그것은 불에 접근한 게 아니라—"거의 감이 온다!"—활활 타는 불이 담긴 중앙 화덕에 접근한 것이다.

시(詩)란 오르가슴의 향유이다. 시는 찾아낸 이름이다. 언어와 한 몸을 이루면 시가 된다. 시에 대해 정확한 정의를 내리자면, 아마도 간단히 이렇게 말하면 될 듯싶다. 시란 혀끝에서 맴도는 이름의 정반대이다.

*

    시, 되찾은 단어, 그것은 이 세상을 다시 바라보게 하며, 어떤 이미지 뒤에나 숨어 있게 마련인 전달 불가능한 이미지를 다시 나타나게 하며, 꼭 들어맞는 단어를 떠올려 빈칸을 채우고, 언어가 메워버려 늘 지나치게 등한시된 화덕에 대한 그리움을 되살리고, 은유의 내부에서 실행 중인 단락(短絡)을 재현하는 언어이다. 이미지는 되찾은 단어를 필요로 한다. 그것은 마치 사람들이, 비록 그들에게 언어가 부차적일지라도, 언어에 의해 끊임없이 재구성될 필요성, 언어의 개념에 새롭게 맞춰야 할 필요성에 직면하는 까닭에 언어를 되찾아야 하는 것과 마찬가지다. 진짜 언어, 즉 실재 대상이 사라지고, 에우리디케[27]와 동시에 지옥이 다시 올라오며, 그들 등 뒤로 이유(離乳)가 따라붙고, 욕망이 육체를 다시 일으켜 앞쪽에 세우는 그런 언어를 되찾아야 한다. 요

---

27 오르페우스의 아내.

컨대 그 단어가 결여된 언어를.

*

내가 가장 많이 빚지고 있는 사상 중의 하나가 공손
룡(公孫龍)의 사상이다. 공손룡은 소위 전국(戰國)시대
라 불리는 군웅할거(群雄割據) 시기에 조(趙)나라에 살
았다. 그는 티마이오스[28]와 동시대인이었다. 고대 중국
인들은 공손룡이 '어떤 학파에도 속하지 않음'을 비난
했다. 그런 비난이 『열자(列子)』[29]에 기록되어 있다.
1977년에 나는 공손룡의 『지물론(指物論)』[30]을 번역했
다. 그 후 1986년에 그것에 다시 해설을 붙였다.[31] 그의
운명에는 불행한 일이었으나, '어떤 학파에도 속하지

28 그리스의 역사가(B.C. 356년경~B.C. 260년경).
29 중국 도가 경전의 하나. 전국시대의 사상가 열자(列子)가 쓴 책으로
전해진다.
30 공손룡이 쓴 책 『공손룡자(公孫龍子)』에 수록된 열네 장 중 한 장.
31 『Kong-souen Long, Sur le doigt qui montre cela(공손룡, 그것을 지
시하는 손가락에 관하여)』란 제목으로 미셸 샹데뉴 출판사에서 1990년
출간되었다.

않음'은 그의 사상에서 초래된 결과였다. 하지만 그의 사상에는 다행한 일이어서, 그의 사상에서 비롯된 이 결과는 지극히 단순하게도 지시와 지시 대상의 불일치라는 사실에서 기인된 결과로 보인다. 공손룡이 '놀라운' 것으로 여겨 손가락으로 가리킨 명제가 두 가지 있다. 그것은 결정적인 명제들임에 틀림없다.

"어디서도 유래하지 않은 사상이 있다."

"어디에도 귀결되지 않는 명상이 있다."

불교도들이 말하기를, 언어와 지시 대상인 실체 사이에 놓인 '눈물'은 마르지 않는다고 한다. 그 눈물이 강가 강(江)[32]이다.

*

밤에, 꿈이 하나 있다는 기호가 발기(勃起)이다.

낮에, 발기가 일어나면 그것은 꿈의 기호이다.

---

32 인도의 갠지스 강의 힌디어식 발음.

언어 langue에 수없이 형용사가 나타나면, 그것은 언어 langage가 없다는 기호이다. 그것은 어머니의 분만을 드러내는 징후, 언어 이전의 실체에 대한 노스탤지어를 가리키는 징후, 불이 활활 타오르는 화덕, 즉 격렬한 장면, 즉 현실 réalité에 앞선 실재 réel, 즉 교합, 즉 감각 과민증을 지시하는 징후이다. 그것은 언어와는 다른 어떤 것, 떠올릴 수 없는 대상, 전달 불가능한 이미지, 혀끝에서 맴도는 이름, 이런 것들에 대해 실행 중인 노스탤지어이다.

사회에서, 철저하게 사고하려는 사람에게 나타나는 사고의 장애는 신경증을 가리키는 기호이다. 사람들은 도저히 고정시킬 수 없는 무엇을 고정시킨다. 도저히 검토할 수 없는 주제를 끊임없이 생각한다. 말로는 도저히 의미를 나타낼 수 없는 상태에 다시 처하기도 한다. 개인의 정체성은 파도처럼 끊임없이 이 빈칸에 부딪히며 밀려드는 투쟁을 통해 형성된다. 그것은 한계 극복을 위한 비약이다. 거짓 도약을 하는 무엇에 맞서 자신의 내면에서 계속 새롭게 반복되는 도약이다. 개인의 정체성이란 파국에 맞선, 해빙(解氷)에 맞선, 쾌락의 내파(內破)에 맞선, 공격성의 폭발에 맞선, 좋은bon '행운heur'[33]에 맞선 일련의 투쟁들을 지칭하는 허울 좋은 명칭에 지나지 않는다.

도달 불가능한 '저 세계'는 연통관과 흡사한 언어 내부에서 끊임없이 우리를 자신에게로 끌어당긴다. 언어를 통해서만 '저 세계'에 갈 수 있다. '저 세계'는 파롤이 말하고 싶어하는 무엇이고, 끊임없이 입가에서 맴돌지만 파롤에는 속하지 않으며, 파롤의 인력(引力)을 피해 달아나는 무엇이다. 그것은 말문이 막혀 파롤로 발음되지 못하는, 헛구역질을 할 때처럼 입가로 다시 올라와서 파롤이 되기 직전에 스러지는, 끊임없이 혀끝에서 맴돌지만 정작 혀로 들어가 말이 되지 못하는 그런 감동이다. 이 분출은 파롤 자체가 시작될 때 감지되지만, 파롤 속에 머물지는 않는다. 그것은 진짜 파롤에 선행하는 아연실색의 시간이다. 일시 정지된 시간이다.

---

33 프랑스어 'bonheur(행복)'를 'bon(좋은)'과 'heur(행운)'로 풀어서 쓰고 있다.

언어를 잃어버린 입가에서 발생하는 시간의 일시 정지이다. 그것이 줄곧 언어에 선행하는 격동의 카오스인 까닭은 언어는 습득된 것이므로, 절대로 원천을 지시하는 일 없이, 그저 지시 대상만을 가리키기 때문이다. '카오스chaos'에 해당하는 그리스어 'khaos'란 단어는 '갈라지는 얼굴'을 뜻한다. 즉 벌어지는 인간의 입을 의미한다.

바로 그렇기 때문에 명증성의 개념은 언제나 아연실색함 가운데 있으며, 이는 고전주의 작품들의 합리주의에서조차 여전히 사실이다. 아연실색함은 단락(短絡), 잃어버린 것을 되찾는 순간 느껴지는 것이어서 냉혹한 언어에는 절대 속하지 않는다. 하지만 실제 단어들, 즉 '혀-끝에서-나오는-말들'의 개화(開花)를 살필 수 있는 것은 '침묵-속에-놓인-언어' 안에서이다. 실제 단어들은 대상이 되기 직전의 대상들, 미처 형성되기 이전의 자아, 다시 말해 세상의 전환이 임박한 시기의 자아에게 내적 계시를 가능하게 해준다. 그 이유는 지시 대상이 실제 단어의 표면에 나타나서 사라질 듯 말 듯

가물거리다 이내 다시 대기성(待機性)이 되었다가 회고적이 되고, 쫓겨나고, 결여된 것으로 바뀌기 때문이다. 따라서 지시 대상이 갑자기 또다시 비(非)대기성[34]으로 전환되고, 신속하게 반환되어 꼼짝도 않는 단어를 찾아나서는 것 역시 언어에서이다. 화자(話者)가 돌연 빼앗겼다고 느끼는 무엇, 그것도 총체적인 박탈감으로 느껴지는 무엇은 다름 아닌 언어 자체이다. 그러므로 언어 전체가 별안간 중지될 때, 언어가 취약성을 드러냈던 범위 내에서 진짜 단어가 불쑥 솟아오를 수 있다. 그때 이 단어는 자신이 지닌 의미 이상으로 말하며, 자신이 표현하는 것 이상으로 자신을 드러낸다. 진짜 단어는 자물쇠의 빗장이 빠져 열린 문으로 드러난 공간보다 훨씬 더 광대한 공간을 열어젖히는 열쇠이다. 되찾은 단어가 '열려라, 참깨!'인 것은 그것이 암호여서가 아니라 전달 불가능한 장면을 복원한다는 점에서, 혀 '끝'으로 연다는 점에서, 지시 대상인 실체와 관련된다는 점에서

[34] 언어에서 빈도는 낮지만 언제든지 화자가 사용할 수 있는 가능성을 의미한다.

그러하다. 기묘한 일이지만, 일단 태어난 '언어 존재' (인간)가 언어에 편입되고 난 후에는 오직 언어만이, 그 기능 부전의 경우에도, 삶의 새로운 기원이 된다.

제3부

화상(畵像) 정지라 부르는 것, 그것은 순간moment이 며, 움직임이 고정되었을 때의 *움직임movere*이다. 언어 의 실패가 일시 중단된 시간이다. 영화가 사진이 되었을 때이다. 아리스토텔레스는 인간의 머리칼과 목 사이에 포함된 부분을 '프로소폰prosopon'[35]이라 부르는데, 그 것은 '타인의-시선에-자신이라고-내어놓는-무엇'을 의미한다고 말했다. 덧붙여 아리스토텔레스는 "왜냐하 면 인간은 직립해서, 정면을 바라보며, 맞대놓고 목소 리를 내는 유일한 동물이며, 인간만이 얼굴을 지니고

---

35 영어 'person'에 해당하는 그리스어.

있기 때문이다"라고 설명했다.

메두사는 인간의 얼굴을 한 유일한 여신이다. 메두사의 얼굴 생김새는 앞에서 본 얼굴, 입을 크게 벌린 여자의 얼굴이다. 공포로 울부짖는 사신(死神)의 얼굴이다.

인간의 얼굴을 한 메두사의 머리는 얼굴 없는 머리중에서 특히 속이 빈 머리, 시선이 없고, 말이 없고, 움직임이 없으며, 피골이 상접한 머리가 되지 않으려고 울부짖는다. 얼굴 없는 머리는 죽은 사람이다.

*

우리가 우리 자신보다 더 사랑하는 여자의 내심을 강렬하게 사로잡은 관심사는 그녀의 시선을 흐리게 하면서 언제나 상대방을 뒤로 물러서게 만든다.

그녀는 조상(彫像)이었다. 그녀는 아름다웠다.

집중된 그녀의 시선이, 우리들 너머 먼 곳으로 향하며, 빛을 흔들리게 했다.

*

오디세우스의 배가 세이렌[36]들이 사는 섬 앞에 다다르
자, 배를 밀어주던 바람이 돌연 멎었다. 바다의 표면에
는 잔물결조차 일지 않았다. 그러자 배는 빛 속에서——
비처럼 쏟아지는 '황금빛 햇살' 속에서——멈춰 섰고,
돛대에 묶인 오디세우스는 세이렌들의 말을 한 마디도
놓치지 않고 귀담아 들었다.

세이렌들은 에로틱한 교합을 나누는 메두사이다. 고
르곤[37]들은 타나토스의 비명을 지르는 세이렌이다.

*

엄마가 우리에게 입을 다물라고 하셨다. 엄마는 자신

36 그리스 신화에 나오는 반은 새이고 반은 사람인 마녀. 아름다운 노
랫소리로 뱃사람들을 유혹하여 배를 난파시킨다.
37 그리스 신화에 나오는 괴물. 호메로스가 말한 고르곤은 지하 세계에
사는 한 마리 괴물이었으나, 그 후 시인 헤시오도스에 의해 셋으로, 즉
스테노(강한 자), 에우리알레(멀리 뛰는 자), 메두사(여왕)로 나뉘게
되었다.

의 혀끝에서 맴돌고 있는 어떤 단어를 어떻게든 반드시 떠올리려고 안간힘을 쓰셨다. 온몸이 굳어진 엄마는 자신의 내면 깊은 곳에서 어원 하나를 건져 올리려고 애를 쓰셨다. 탐색으로 인해 경직된 얼굴이 탈처럼 변한 엄마는 이상야릇하게 들리는 음들을 하나씩 발음함으로써 문헌학적으로 파생의 각 단계를 재현하는 노력을 기울이셨다. '시콜론 sykolon'이라고 말했고, '피카토 ficato'[38]라고 말했고, 그리고 혼란에 빠진 표정으로 알아들을 수 없는 일련의 단어들을 한동안 끊임없이 중얼거렸고, 그리스어, 라틴어, 제정 시대의 라틴어, 메로빙거 왕조 시대의 언어, 이탈리아어, 피카르디어, 의미조차 알 수 없는 이런 언어들의 기나긴 수정을 거친 끝에 드디어 'foie〔肝〕'라는 단어에 도달하셨다. 우리는 몹시 놀랐다. 엄마는 여러 시대의 밑바닥에서 단어들을 떠오르게 하셨던 것이다. 엄마는 어린애인 우리들도 감히 흉내낼 수 없을 만큼 아이들처럼 다양하게 으르렁거리

---

38 'sykolon'과 'ficato'라는 단어는 실제로 존재하지 않는다.

는 소리도 낼 줄 아셨다. 엄마는 마술사였다. 엄마가
'오모homo'[39]라고 발음하면서 입술을 오므리고 입을 벌
려 그 형태를 강조하자, '옹on'[40]에 이르게 되었다. 엄마
는 사물을 뜻하는 라틴어 '렘rem'으로 시작해서 '리앵
rien'[41]에 이르기도 하셨다.

*

잃어버린 단어의 형태를 되찾으려 애쓰는 엄마, 모든
걸 설명해줄 고대 언어를 떠올리느라 필사적인 노력을
기울이는 엄마, 원하는 단어를 찾는 엄마의 모습은, 탐
색을 위해 정지된 표정과 고정된 시선 탓이겠지만, 생
명이 없을 뿐 그 나머지는 한 치의 어긋남도 없이 딱 들
어맞는 탈이 얼굴에 덧씌워진 것처럼 보였다.
　얼굴은 정신 집중으로 인해 굳어졌다. 탐색과 좌절로

---

39 '인간'을 뜻하는 라틴어.
40 프랑스어의 무특정 주어로 쓰이는 단어. 문맥에 따라 '사람들' '그
들' '우리' '나'의 의미를 지닌다.
41 영어 'nothing'에 해당하는 프랑스어 단어.

경직되었다. 표정의 변화도 없다. '비(非)생존'이 가득 들어차 있다. 허끝에서 맴도는 이름을 찾고 있는 여자의 앞면에 더 이상 얼굴은 없다.

어떤 단어를 찾아 영혼이 다른 세계로 떠나버려 '탈'로 변한 얼굴에서 나는 눈을 뗄 수가 없었다. 마치 내가 조바심을 치며 영혼과 단어의 귀환을 기다리는 것만 같았다. 영혼이 육체로, 움직임으로, 미소로, 생명의 온기로, 부드러운 시선으로 돌아오기를, 그리고 단어가 그것을 발음하는 유성(有聲)의 쾌락으로 돌아오기를, 일단 되찾은 단어를 반복하는 확신의 기쁨으로 돌아오기를 기다리는 것만 같았다.

*

나는 멍해진 시선과 그 안에서 탐색 중인 단어와 관련된 모든 것을 이야기했다고 생각된다. 내가 멍해진 시선의 응시 속에 모든 것을 용해시키는 이유는 내 안의 모든 것이 그 속으로 녹아들어갔기 때문이다. 나는

폐허로부터 시선을 거두었다. 그리고 침묵과 궁핍으로
섞여 들어갔다. 항구로 돌아오는 배들의 기적 소리가
들렸다. 엄마는 어떤 단어를 찾는 중이었다. 엄마는 부
재했다. 엄마의 얼굴이 탈처럼 느껴졌다. 부재하는 엄
마가 내 삶의 핵심이었다. 나는 침묵 서언을 한 적이 없
다. 하지만 나는 잃어버린 언어의 탐색보다는 침묵에
더 적합한 운명을 타고났다. 음악이 내게는 그런 것이
다. 글쓰기가 그런 것이다. 복수심으로 인한 경직〔탐색
의 대상인 이름이 되기, 저 자신이 잃어버린 언어의 이상
(理想)이 되기, 태초의 투쟁의 영웅이 되기, 페르세우스[42]가
되어 인간이며 여자의 얼굴을 한 메두사와 정면으로 마주
보고 과감히 맞서려는 어쩔 수 없는 욕망, 억누를 수 없는
욕망으로 인해 그가 했던 것처럼 사자(死者)들의 신(神)이
쓰는 개가죽 모자를 눌러 쓰기〕, 즉 찾아내야 할 대상, 결
여된 단어, 공교롭게도 타인을 징벌할 조건이 모조리
갖춰진 날 맞이하는 타인의 죽음, 수사학(아리스토텔레

---

42 그리스 신화의 영웅. 다나에와 제우스의 아들이며, 안드로메다의 남
편이다. 거울처럼 비치는 청동 방패를 이용하여 메두사의 목을 베었다.

스에 의하면, 청중을 무릎 꿇게 할 수 있는 담론의 추구일 따름이다. 고대 로마의 연설법 교사들의 말을 빌려 더욱 간단히 말하자면, 상대방을 죽일 수 있는 문장의 추구에 다름 아니다), 고대 회화(繪畵), 성적 오르가슴의 순간, 책, 이런 것들이 일으키는 경직, 요컨대 내 삶을 무질서한 방식으로 유지시키는 이 모든 것들이 서로 뒤섞인다. 얼굴이기를 포기하고 그저 인간의 앞면으로 변해버린 얼굴, 잃어버린 언어를 향해 입을 벌린 얼굴, 생기가 사라진 얼굴 안에서.

제4부

서쪽 최극단, 이 세상의 변경 너머, 암흑의 변방에 괴물 세 자매가 살고 있었다. 두 괴물은 불사신인 스테노와 에우리알레였다. 죽을 운명을 지닌 세번째 괴물의 이름은 메두사였다. 이들의 머리는 뱀들로 에워싸여 있었다. 이들에게는 또한 멧돼지의 어금니와 흡사한 큰 이빨들과 청동의 손, 그리고 황금 날개가 있었다. 눈에서는 번쩍번쩍 빛이 났다. 신(神)들도 괴물 자매들보다는 훨씬 나중에 생겨났다. 괴물 자매들과 시선이 마주친 자는 그가 신이든 인간이든 누구나 돌로 변했다.

아르고스의 왕에게 매우 아름다운 딸이 하나 있었는데, 왕은 그 딸을 무척이나 사랑했다. 딸의 이름은 다나에였다. 왕이 받은 신탁에 따르면, 만일 딸이 아들을 낳을 경우 그 손자는 할아버지를 죽이게 된다는 것이었다. 그래서 왕은 자기 딸을 지하의 청동 방에 가두었다.

제우스가 황금의 비로 변해 그녀를 찾아갔다. 그리하여 페르세우스가 태어나게 되었다.

왕은 눈물을 흘렸다. 그는 바닷가로 나갔다. 다나에와 어린애를 나무궤짝에 집어넣어 바다에 던지게 했다. 한 어부가 그물에 걸린 궤짝을 건졌다. 그는 두 모자(母子)를 정성껏 보살폈다. 폭군 폴리데크테스[43]가 다나에

---

[43] 다나에 모자가 살게 된 섬 세리포스의 왕. 그는 다나에를 아내로 삼으려고 흉계를 꾸며 페르세우스에게 고르곤들 중에 유일하게 죽일 수 있는 메두사의 머리를 가져오게 만든다.

에게 반해서 그녀의 육체를 탐했다. 페르세우스는, 만일 왕이 욕망을 유보해준다면, 여자 얼굴을 한 괴물의 머리를 왕에게 바치겠노라고 말했다.

그는 창과 방패와 검을 들고, 머리에는 투구를 쓰고, 죽음을 각오하고 세상의 서쪽으로 떠났다. 그는 일곱 가지 마법의 물건을 수중에 넣게 되었다. 즉 날개 달린 샌들 두 짝, 낫과 두 갈래 배낭, 그라이아 자매[44]로부터 빼앗은 하나뿐인 이빨과 하나뿐인 눈, 그리고 사신(死神)의 개가죽 모자였다. 그는 앞에서 보면 여자 얼굴인 괴물의 소굴을 찾아냈다. 시선의 마주침을 피할 셈으로 그는 두 가지 방책을 세웠다. 1. 페르세우스는 밤에 괴물의 동굴에 들어가기로 작정했다. 2. 페르세우스는 자신의 방패를 반들반들하게 닦았다.

그렇게 해서 페르세우스는 동굴 속에서 메두사와 맞닥뜨린 순간 그녀를 정면으로 쳐다보지 않아도 되었다. 어둠 속에서 자신의 방패를 거울처럼 사용했기 때문이

---

[44] 고르곤들을 지키는 자매. 페르세우스는 그라이아들을 위협하여 고르곤 세 자매가 함께 쓰는 눈 하나와 이빨 하나를 빼앗는다.

다. 메두사에게 그녀 자신의 모습을 되비쳐 보이자, 메두사는 겁에 질려 이렇게 말했다.

"넌 나를 보지 못했어. 네가 술책을 쓴다마는 오히려 고맙구나. 내 얼굴의 위력은 죽더라도 사라지지 않을 뿐만 아니라, 네가 나를 죽이면 그 위력은 더 커질 따름이야. 바라보는 자들에게 내 얼굴은 곧 죽음인데, 그런 내 얼굴에 나 자신의 죽음이 더해지면 그 위력이 엄청나질 테니까. 네가 자신의 행동을 뉘우치게 될까 두렵구나. 다시 잘 생각해봐라. 나는 여자들의 얼굴을 하고 있는데, 넌 그걸 알려고도 하지 않는구나. 자, 날 좀 봐라!"

페르세우스는 여전히 고개를 뒤로 돌린 채 메두사에게 대꾸했다.

"죽음을 바라보고 싶어질 생각 따윈 절대 들지 않을걸."

그러고 나서, 페르세우스는 여전히 고개를 동굴 안쪽으로 돌린 채 거울에 비친 괴물의 그림자를 흘낏 보면서 낫을 치켜들었다. 그리고 여자의 얼굴을 한 여자의 머리를 베었다. 그는 어둠 속에서 더듬적거려 머리를 집어 배낭에 넣었고, 그것을 아테네 여신에게 가져갔으며, 여신은 그것을 자신의 방패 중앙에 매달았다.

*

'Ordinatur, contenat, rumpat.' [45] 이렇게 운명의 여신이 셋이라고 세비야의 이지도르[46]가 말했다. 첫번째는 실을 잣기, 두번째는 직조하기, 세번째는 자르기다.

세 명의 여신인 까닭은 운명에는 세 가지 명령이 있기 때문이다. 세 가지 운명fata이 있는 까닭은 세 가지 시간이 있기 때문이다.

여신들은 손가락으로 실을 꼰다.

과거는 물레의 가락에서 뽑아져 나온 실이다. 현재는 손가락 밑에 있는 것이다. 미래는 물레의 토리개에 남

---

45 운명의 세 여신 파르카이Parcae를 가리킨다. 그리스 신화의 모이라이 Moerae와 동일하다.

46 에스파냐 세비야의 주교(? ~636)였다. '세비야의 성자 이지도르'라 불린다. 그의 저작 중에서 특히 『고트족의 역사 *Histoire des Goths*』와 20권에 해당하는 일종의 백과사전인 (만물의 기원에 관한) 『어원학 *Les Étymologies*』은 서양 문화에 대한 기본 지침서로 평가된다.

아 있는 양털이다.

그런데 왜 모두 여자일까? 남자는 여자를 수태할 수 없기 때문이다. 여자든 남자든 모두 여자에 의해 수태되기 때문이다. 왜 메두사는 여자의 얼굴을 하고 있을까? 여자의 얼굴이 최초의 얼굴이기 때문이다. 세 여자 중에서 두 여자는 언제나 불사신이다. 세 여자 중에서 두 여자는 언제나 어머니이다.

왜 여자는 어머니가 되는가? 왜 여자는 아이를 낳는가? 어머니가 아이를 낳는 것은 세대의 연쇄 고리 안에 죽음을 밀어넣어 연기하기 위해서다. 그래서 가정을 이루는 즉시 화급하게 바통을 넘긴다. 자신을 두렵게 하는 무엇의 바통을 넘겨버린다. 정면으로 마주 보면 안되는 무엇의 바통을 건네준다. 얼굴 없는 앞면을 슬쩍 떠넘긴다. 울부짖는 임무를 더 젊은 여자에게 맡기는 이유는 홀로 지옥을 떠맡을 용기가 없어서일 뿐만 아니라 계속되는 죽음의 비명을 중단시킬 욕망을 표명한 적도 전혀 없기 때문이다. 아버지는 그 자체로는 무의미에 불과한 이름 하나를 건네준다. 언어를 넘기는 것이다. 여자는 입을 벌려 울부짖으며 고통 속에서 낳은 어린애의 등에 죽음의 무게를 옮겨놓는다. 기원을 넘기는 것이다. 아버지는 이름을 전달한다. 어머니는 울부짖음을 전달한다.

*

손가락 밑에 있는 무엇, 입가에 있는 무엇, 눈앞에 있는 무엇, 이 세 가지는 각기 파르카이,[47] 스핑크스, 세이렌들 혹은 고르곤 자매들이다. 한쪽엔 파멸의 목소리, 다른 쪽엔 아연실색케 하는 시선이 있다. 이들 모두가 여자인 까닭은 어머니가 언제나 여자이기 때문이다.

과잉된 대상, 증가하는 대상, 변신의 대상, 꿈을 지시하는 대상, 이런 대상 앞에서 아연실색한 시선은 결여된 언어로 인해 아연실색한 시선과는 하등 관련이 없다. 페르세우스는 메두사의 시선이 지닌 죽음의 힘을

---

47 주 45 참조.

메두사 자신에게로 돌려놓을 수 있다. 하지만 어떤 기억을 떠올리려는 자의 의지를 빠져나가는 기억의 탐색에서 발생하는 '자기 부재'는 돌이킬 수 없다. 빠져나가는 무엇의 반영(反影)조차 없기 때문이다. 무엇을 맞바로 볼 수도, 거울에 비쳐볼 수도 없다. 그것은 다름 아닌 멜뤼진[48]이다. 그것은 수태의 순간이나 극히 초기의 유년기처럼 자신과 세상을 가르는 피부가 미처 형성되지 않은 상태이다. 해체된 피부가 바로 언어의 기능 부전이다. 단어가 자신의 안이나 밖에서 길을 잃고 끊임없이 헤맨다. 마치 카트린 드 메디시스[49]가 정신착란을 일으켰을 때 말한 한 마리 파리처럼 헤맨다. 마치 음악처럼 헤맨다. 음악에는 내부도 외부도 없을뿐더러 내부

48 프랑스 푸아투 지방의 뤼지냥 가문의 고성(古城)에 얽힌 전설에 나오는 반신사체(半身蛇體)의 여인. 토요일에만 하반신이 뱀으로 변하는 그녀는 뤼지냥 가의 영주 레이몽과 결혼하여 열 명의 아들을 낳고 행복하게 산다. 그러나 호기심을 못 이긴 남편이 뱀으로 변한 아내의 모습을 보게 되고, 멜뤼진은 용이 되어 창문으로 날아가버리고 만다. 그러나 밤에는 아기에게 젖을 먹이러 왔고, 영주가 바뀌거나, 프랑스에 불행한 일이 닥칠 때는 사흘 전에 외침 소리로 경고했다고 전해진다.
49 프랑스의 왕 앙리 2세(1547~1559년 재위)의 왕비. 왕의 사후에 섭정(1560~1574)을 하며 막강한 정치적 영향력을 행사했다.

를 보호할 어떤 피부나 꺼풀도 없다. 왜냐하면 귀에는 눈꺼풀처럼 아래로 감기는 꺼풀이 없기 때문이다.

*

고르곤 자매들은 언제나 정면으로, 마치 여성 성기가 그려지듯 그렇게 묘사된다. 그녀들은 아연실색케 하는 존재이다.

세이렌들은 언제나 옆모습으로, 마치 남성 성기가 그려지듯 그렇게 묘사된다. 그녀들은 매혹하는 존재이다.

*

스핑크스 앞에서는 수수께끼를 풀든가 죽든가 할 수밖에 없다. '임기응변의 재치'에 대조되는 것은 '나중에야 깨닫는 둔한 머리'이다. 어떻게 수수께끼에 응답할 것인가, 달리 말하자면 어떻게 그것에 거울을 들이댈 것인가? 혀끝에 있는 단어가 하나씩 죄다 종이 끝으로 옮겨질 만큼의 시간이 있으면 가능해진다. 그것은 글쓰기다. 글쓰기란 잃어버린 것의 시간을 취하기, 귀환할 시간을 갖기, 잃어버린 것의 귀환에 협력하기이다. 그때 감동은 기억을 되살릴 시간을 갖는다. 기억은 되돌아올 시간을 갖는다. 단어는 다시 떠오를 시간을 갖는다. 기원은 또다시 아연실색케 할 시간을 갖는다. 앞면은 얼굴을 되찾는다.

*

쾌락과 욕망 사이에서 우리는 불침번을 선다. 불침번—낮에 꾸는 꿈—을 서는 동안 우리는 글을 쓴다. 우리는 단어들을 탐색한다. 단어들을 탐색하느라 잠시 결핍을 잊는다. 크레티앵 드 트루아[50]는 자신의 소설 작품에서 수수께끼, '백일몽'의 장면, 망각, 넋을 잃기, 방심 혹은 선 채로 꾸는 꿈, 느닷없이 찾아드는 무언증, 공

---

50 1165~1180년에 활동한 프랑스의 시인. 다섯 편의 아서 왕 이야기를 비롯하여 많은 로맨스를 썼다.

(空)으로 빠져드는 순간, 이따금 엄습하는 불안에도 불구하고 도무지 분간할 수 없는 혼미한 기억, 마비 상태, 무(無), 기능 부전, 순간적인 황홀경, 이런 것들을 프랑스어로 열거했던 유일한 소설가이다.

눈[雪] 속에서 페르스발[51]은 자신의 창(槍)에 기대어 있다. '그는 몰아의 경지에서 생각에 잠겨 있다.' 갑자기 야생 거위들이 날아오른다. 눈 위에 세 점의 핏방울이 찍힌다.

*

글쓰기, 그것은 잃어버린 목소리 듣기이다. 수수께끼의 답을 찾아내어 그것을 알아맞힐 시간 갖기이다. 잃어버린 언어 안에서 언어를 탐색하기다. 거짓말 혹은 대체물과 알 수 없는 지시 대상의 불투명성 사이에 벌어진 틈새를 끊임없이 편력하기다. 대상의 일탈이 숙명

---

51 크레티앙 드 트루아가 쓴 『페르스발, 혹은 성배 이야기』의 주인공.

인 언어, 개개인의 정체성에 연루된 언어, 이러한 언어의 불연속성——거울에 비친 앞면——과 어머니의 연속성, 강(江), 어머니의 오줌 줄기——정면에서 본 앞면——사이에 벌어진 틈새를 끊임없이 편력하기다. 다음은 타르수스[52]의 바울로가 「고린토인들에게 보낸 첫번째 편지」에 쓴 글이다. "내가 어렸을 때에는, 어린이의 말을 하고 어린이의 생각을 하고 어린이의 판단을 했습니다. 그러나 어른이 되어서는 어렸을 때의 것들을 버렸습니다. 우리가 지금은 거울에 비추어보듯이 희미하게 보지만 그때에 가서는 얼굴을 맞대고 볼 것입니다(Cum essem parvulus, loquebar ut parvulus, sapiebam ut parvulus, cogitabam ut parvulus. Quando autem factus sum vir, evacuavi quae erant parvuli. Videmus nunc per speculum in aenigmate: tunc autem facie faciem)."[53] 글쓰기가 생명 유지에 필수적인 작가가 책을 저술하는 바

52 실리시아(아나톨리아 남부에 있던 고대 지방)의 한 도시. 바울로가 태어난 곳이다.
53 신약성서 「고린토인들에게 보낸 첫번째 편지」 13장 11~12절.

로 그 순간 추구하는 바는 결코 글을 기입해서 생겨날 작품이 아니라 허탈일 것이다. 개인적으로 내가 글쓰기를 통해 추구하는 바는 기능 부전이라고 믿는다. 내가 쓰는 글을 보면서 누가 그 사실을 인정하지 않겠는가? 그것은 글을 쓰는 바로 그 순간 나 자신에 의한 나 자신에 대한 일체의 반성적 사로잡힘에서 나 자신이 이탈할 수 있는 가능성이다. 내가 부재했던 시간에 이를 때까지 이탈하는 것이다. 내가 만들어진 곳에 이를 때까지 이탈하는 것이다. 그것이 화덕이다. 혹은 적어도 수수께끼이다. 어떤 수수께끼인가? 불교도들의 대답에 따르면 수수께끼는 마야[54]이다. 누가 마야인가? 열반의 반영(反影)이다. 수수께끼를 의미하는 산스크리트어 단어는 무엇인가? *브라만braman*이다. 그것은 기능 부전에 힘입어 다시금 언어의 제방까지 도달하다. 연어가 산란을 위해, 즉 죽기 위해 일생 동안 필사적으로 거슬

---

54 힌두 철학의 근본 개념. 원래는 마술의 힘을 나타내는 것으로서 환상을 믿게 하는 신의 힘을 가리킨다. 즉 무한한 브라만(최고의 존재)이 유한한 현상 세계의 모습을 띠게 하는 우주의 힘이라고도 설명한다.

러오르는 모천(母川)이다. 연어는 모천에 다다르면 산란하고 죽는다. 글쓰기는 산란하기다. 이런 융합의 느낌은 훨씬 오래된 침대, 용해하는 물, 액체의 공간이 된다. 이 공간에서는 죽어가며 철썩이고, 미래는 과거가 되며, 죽음이 태어남과 동일하다. 그것은 물거품이다. 아프로디테[55]이다. 수수께끼인 빈칸이다. 독서 삼매경에 빠진 사람이 추구하는 바에 정확히 비교될 만하지만, 그보다 훨씬 더 상류에 있는 빈칸이다. 자진해서 길을 잃는 독자보다 더욱 길을 잃어버린 빈칸이다. 길 잃기를 조절하는 독자가 하는 것과는 반대로, 원천에 더 가까이 있으면서도 원천으로의 접근을 전혀 조절하지 못하는 빈칸이다. 산란과도 같은 빈칸이다. 쾌락에서 흘러나온 정액 방울 같은 빈칸이다.

---

55 그리스어로 '아프로스aphros'는 '거품'을 의미한다. 아프로디테는 크로노스가 제 아버지 우라노스의 생식기를 잘라 바다에 던지자 생겨난 하얀 거품에서 태어났다고 전해진다.

*

철썩거림 같은 빈칸. 물거품은 철썩이는 바닷물에 지나지 않는다. 아프로디테는 '이 물거품에서 태어난 여신'이다.

멜뤼진은 일주일에 한 번 금단의 방에 들어가 열쇠로 문을 잠근 후에 목욕을 했다. 그녀는 물고기로 되돌아가 욕조 안에서 철썩거렸다. 그리고 노래를 불렀다.

뤼지냥 씨는 보고 싶었다. 그가 납으로 된 벽에 구멍을 뚫자, 아내는 즉시 비명을 지르며 사라졌다. 욕조 안에서 꼬리가 크게 휘둘리는 바람에 그는 물벼락을 맞았다.

우리는 자신의 동물적 본성을 모르는 동안만 인간으로 있을 수 있다. 우리는 구어(口語)가 소멸시킨 요정들과도 같다. 만일 우리가 침묵을 깨뜨린다면, 요정들은 철썩이던 바로 그 순간에도 사라질 수 있다.

금단의 방에서, 계통 발생의 방에서, 남의 시선이 닿지 않는 곳에서 글을 쓰는 사람은 철썩이는 것이다. 그는 라마피테크[56]로, 그 다음에는 안경원숭이로, 그리고 도롱뇽으로 변모한다. 그런 다음에 석탄기(紀)의 호수로 간다. 물가를 따라 미끄러지듯 움직인다. 이윽고 물속으로 들어가 물고기로 변한다. 그는 물과 합류하고, 밤의 어둠, 카오스, 빅뱅, 즉 멜뤼진의 노래에 합류한다. 그 외침 소리가 글쓰기다. 그것이 개체 발생과 계통 발생 사이에서, 세상의 서쪽에서, 태초의 어둠 너머에서 발생하는 단락(短絡)이다.

제5부

"우리가 보는 이 세상은 사라져가고 있기 때문입니다 (Praeterit enim figura hujus mundi)." 우리가 살고 있는 곳에서는 끊임없이 세상이 없어져간다. 끊임없이 세상의 모습이 사라져간다. 끊임없이 언어가 결여된다. 우

---

56 인도에서 발견된 영장류(靈長類)의 화석.

리가 사랑하는 여자는 끊임없이 한낱 꿈으로 환원된다. 추억들도 끊임없이 한낱 돌(石)이 되어버린다.

"형제 여러분, 내 말을 명심하여 들으십시오. 이제 때가 얼마 남지 않았으니 이제부터는 아내가 있는 사람은 아내가 없는 사람처럼 살고, 슬픔이 있는 사람은 슬픔이 없는 사람처럼 살아야 합니다. 세상과 거래를 하는 사람은 세상과 거래를 하지 않는 사람처럼 살아야 합니다. 우리가 보는 이 세상은 사라져가고 있기 때문입니다(Hoc itaque dico, fratres: Tempus breve est. Qui habent uxores, tanquam non habentes sint. Qui flent, tanquam non flentes. Qui utuntur hoc mundo, tanquam non utuntur. Praeterit enim figura hujus mundi)."[57] 언어의 결여를 발견한 순간부터 나는 침묵 위로 떠오르는 진짜 단어들—죽음 위로 떠오른 섬들과도 같은—의 꿈을 발견한다. 진짜 단어들은 그것을 말하는 자를 욕망으로 떨게 하거나, 목소리를 터무니없이 쉬게 만들

---

[57] 신약성서 「고린토인들에게 보낸 첫번째 편지」 7장 29~32절.

며, 갑자기 울음을 터뜨리게 한다.

*

메두사에 관한 이 소론은 내 삶의 한 단편(斷片)에 지나지 않는다.

이 동화는, 내 삶과는 반대로, 꿈의 흔적으로 남은 단편이다.

*

어떤 꿈이든 죄다 불가능하다. 도대체 가능한 꿈이란 게 존재하지 않는다. 놀라움이 얼굴을 경직시키고 고개를 치켜들게 한다. 꿈은 대체물을 무시하면서 언어의 지배하에서 언어 이하로 꿈꾸기를 고집한다. 언어 안에서는 절대 볼 수 없는 지시 대상으로 향한 문이 한 권의 책으로 인해 열렸을 때, 언어는 놀라움으로 변했고, 목구멍이 아플 정도로 불시에 목이 메이게 했고, 그런가

하면 느닷없이 퍽이나 감미롭고 현란하고 일탈적이 되어 예기치 못한 쾌락으로 정신을 앞질렀다. 모든 쾌락은 불시에 찾아오는 법이다. 한 작가에게 기대하는 바는 기대하는 사람뿐만 아니라 글을 쓰는 사람조차 알지 못한다. 이것은 목적이 아닌 무엇이 절대로 계획이 될 수 없는 한 사실이다. 글을 쓰는 사람은 부재하는 단어에 몰두하여 무엇을 되찾으려 한다. 그 무엇이란 언어를 알지 못하는 것, 선하지도 아름답지도 않은 것, 언어를 공포에 떨게 하고 글 쓰는 자의 나날을 열정적으로 몰아가는 것, 공격을 위해 공격하는 것, 태어나는 것, 존재하는 것 안에 존재하지 않는 것, 산란하는 것, 산란하고frayer 두렵게 하는effrayer 것, 지옥의 사자(死者)들을 귀찮게 하는 것, 자신보다 선재(先在)하는 질서와의 관계를 끊는 것, 공존하는 생존자들과의 관계를 끊는 것, 살기 위해 살아가는 그런 것이다.

　글을 쓰는 사람은 존재하는 것과의 관계를 끊는다. 관계 단절을 좋아한다. 가시적인 것을 증오하기를 즐긴다. 자신을 제외한 다른 사람들 모두가 알지 못하는 자신에 대한 것에 열정적으로 몰두한다. 절대로 객체objet 일 수 없는 무엇chose에 열중하고, 책에 열중한다. 펼쳐진 책은 마치 이제 막 떠오르려고 가물거리는 단어를 향해 벌린 입과도 같다. 그 입은 되찾은 단어를 이미 알던 때보다 훨씬 더 생생하게 되살리게 될 것이다.

오디세우스의 선원들처럼, 바람이 가라앉자 그는 노를 젓는다. 모든 것은 소멸한다. "언어? 언어는 침묵하게 될 것이다. 지식? 지식은 사라질 것이다(Linguae cessabunt. Scientia destruetur)."[58] 그것은 이 세상을 끊임없이 '전(前)세상'으로 되돌려 보내고, 끊임없이 되살리고, 다시 생명을 부여하고, 다시 상류로 올려 보내고, 생명을 소생시키고, 태양을 다시 빛나게réilluminer 하는 일이다. 글을 쓰는 사람은 영감illumination을 추구한다.

---

[58] 신약성서 「고린토인들에게 보내는 첫번째 편지」 13장 8절: "말씀을 받아 전하는 특권도 사라지고 이상한 언어를 말하는 능력도 끊어지고 지식도 사라질 것입니다" 참조.

*

　그것은 치켜뜨고 탐색하는 멍한 시선의 반짝임이다.
나는 운명적으로 이런 반짝임에, 언어를 빼앗긴 얼굴의
발기(勃起)에 예정된 사람이다. 나는 한 가지 법칙을 느
낀다(Sentio legem).

*

　'Sentio legem.' 나는 한 가지 법칙을 느낀다. 그것은
이 시선이다. 찌푸리는 눈살이다. 정면을 바라보는 얼
굴의 여자가 탐색하느라 꼭 다문 입에 손가락을 갖다
대려고 들어올리는 손이다. 그래서 주변을 침묵하게 만
드는 손이다.

*

　'Sentio legem.' 나는 한 가지 법칙을 느낀다. 나는 굳
어지는 시선을 느낀다. 나는 이 세상을 구원할 주님의

존재를 믿지 않는다. 내가 나중에 내 육신을 이어받으리라 믿지 않으며, 이 육신이 새로운 것으로 바뀌리라 믿지 않으며, 새로운 육신이 부들부들 떨며 주 하느님의 옥좌에 다가가리라 믿지 않으며, 최후의 심판이 있으리라 믿지도 않는다. 'Sentio legem.' 하지만 나는 내 안에서 한 가지 법칙을 느낀다. 최후의 심판의 날, 심판 자체, 심판의 가차 없는 준엄함, 심판이 불러일으키는 경건함을 내 안에서 느낀다. 나는 그날의 새벽을 위해 글을 쓴다. 나는 예술 작품 중에서도 최후의 심판의 날을 믿는 것들만을 좋아한다.

분노의 날(Dies irae). 나는 이날의 계시를 믿는다. 나는 분노의 날을 믿는다. 나는 열등생과 우등생이 가려지고, 사기꾼과 참된 자가 판가름 날 절대 법정을 믿는다.

복수의 날(Dies ultionis). 나는 복수의 날을 믿는다. 불이 환히 밝혀질 날을 믿는다. 그날이 오면, 악은 악의 대가를 치르고, 모욕은 되갚아지고, 원한은 풀리며, 음모는 백일하에 드러나고, 치욕은 씻어질 것이다. 하느님의 말씀이다. "원수 갚는 것은 내가 할 일이니 내가 갚아주

겠다(Mihi vindicta! Ego retribuam! dicit Dominus)."[59]

　주님의 날(Dies Domini). 나는 일요일의 빛을 믿는다. '주님의 날이 백일하에 드러낼 것이다(Dies Domini declarabit).' 심판의 날에는 각자의 행위가 드러날 것이다. 그날은 틀림없이 불 속에서 나타날 것이기 때문이다. 불이 입증할 것이다(Ignis probabit). 어떤 불로서 '심판의 날'이 규정될 것인가? 심판의 날은 이렇게 정의될 것이다. 즉 나 자신이 심판하지 못한다(Neque meipsum judico). 타지 않는 것은 불의 힘으로 더욱 강해질 것이다. 불을 견디지 못하는 것은 타버릴 것이다. 다음은 하느님의 말씀이다. "나의 날이다. 너희는 이날 하루 종일 아무 일도 하지 말라. 매주 이날 하루는 나를 위해 남겨 두어라. 산란하지 말고 나를 기다리고 있으라. 두려움에 떨며 나를 기다리고 있으라. 찾으려 애쓰며 나를 기다리고 있으라. 두 손을 깍지 끼고 나를 기다리고 있으라. 극도로 경건하게 기도하며 나를 기다리고

---

59 구약성서 「로마인들에게 보낸 편지」 12장 19절.

있으라. 놀라움에 떨며 나를 기다리고 있으라. 그러면 이날이 너희의 시간이 되리니, 나의 날인 까닭이다." 매일 매일이 내게 주일인 이유는 어느 새벽이나 한결같이 빛의 발기(勃起)인 때문이다.

*

Sentio legem. 나는 글을 쓰는 행위에 의무라는 개념을 부여했다. 침묵의 단어가 없는 탓에 나는 단 하루도 살아내지 못할 것 같았다. 철저히 입을 봉하고 있을 용기도 없었지만, 그럼에도 삶의 온기 가까이 있어야 할 것만 같았다. 그런 까닭에 어떤 날도 내게는 휴일이 되지 못한다. 나는 틀림없이 불안으로 숨이 막혀 죽을 것이다. 글을 쓰는 행위는 아마도 애초에 익사하지 않으려고 매달린 나무토막이었을 것이다. 스스로 고립되기 위한 핑계, 각성(覺醒)과 그로 인한 감시와 타인의 관심에서 벗어나려는 속임수였을 것이다. 가족과 사랑하는 사람들을 속이고, 세상 몰래 숨어서 세상 자체를 속이려는 명목이었을 것이다. 그리하여 절대 죽지는 않으면서 세간사에서 벗어나기 위한 명목이었을 것이다. 하지만 나란 위인은 자신의 욕구도 다스리지 못하고, 새벽 시간마저 뜻대로 쓰지 못한다. 나는 지금 거울을 박살 내고 싶다. 지금 동이 트면 좋으련만. 그 빛을 정면으로 바라보고 싶다. 나는 새벽 시간을 첼로 연습 시간으로 바꾸지 못한다. 자동차 여행처럼 주의를 요하는 여행으로, 축제나 영화 시사회나 이사회로도, 혹은 친구의 장례식으로도 바꾸지 못한다. 매번 기회가 올 때마다 어떤 기회든 내게는 여가처럼 생각되고, 그래서 시행착오를 거듭할 뿐이다.

*

우리는 결함 있는 존재이다. 날마다 배고픔에 사로잡히는 우리의 포로 상태, 성기를 곤두서게 만드는 꿈, 마음의 동요, 두려움, 거울, 언어, 이런 것들이 망망대해에서 끊임없이 다시 생겨나는 파도처럼 되풀이된다. 우리는 칼을 피해 미끄덩 달아나는 얼어붙은 커피 아이스크림의 유혹을 떨쳐내지 말아야 한다. 우리는 욕망을 포기하지도, 나이나 휴식, 겉치레에 불과한 영광에 넘겨주지도, 사회적 지위나 그 따분함, 명예와 그 역할에 넘겨주지도, 여자나 금전에 넘겨주지도 말아야 한다. 또한 집, 가족, 틀에 박힌 사고, 안락함, 대의명분, 평화, 그 어떤 것에도 욕망을 넘겨주면 안 된다. 태어나면서 우리가 받은 재산이라곤 생명과 생명에 대한 탐욕뿐이므로, 우리가 조금이라도 죽음을 원치 않는 한, 그 무엇도 생명을 압수해선 안 된다. 혀끝에서 맴돌기만 할 뿐 완전히 되찾을 가망이 전혀 없는 우리의 원천이 제아무리 불가사의하고 야성적이며, 언어에 대해 고집불통이고, 의식에 대해서도 완강하며, 인정머리 없고, 위험하거나 혹은 잔인하게 여겨질지라도 그러하다. 생명이 아닌 나머지는 모두 죽음이다. 이런 욕망이나 이런 폭력이 고착되는 대상 모두가 죽음이다. 대상은 결코 충족되지 못한다. 대상은 고통이며, 우리를 고통으로 인도한다.

나는 사람들이 자신의 인생을 창조하는 것을 좋아한다. 그것은 마치 그들이 알몸이던 날, 두려움의 날, 진실—정면에서 바라본 두려움—의 날, 빛 속에서 전율하던 날을 향해 가는 것과 흡사하다. 자아는 자기 내면의 인성의 지배자가 아니어서 스스로를 뛰어넘지 못한다. 따라서 자신의 정체성의 진가를 알아보지 못해 착각한다. 자기 정체성이란 자신이 바라볼 수 없는 어느 날 밤의 영원한 대체물에 불과하기 때문이다. 인간이 언어의 지배자가 아닌 것은 지구가 은하계의 중심이 아닐뿐더러, 혹성들의 지배자, 항성들의 구덩이와 빛의 지배자가 아닌 것과 마찬가지이다. 언어는 하나의 화면이다. 의지는 시야에 생긴 얼룩이다. 의식은 위성 중계하는 악마이다. 이 모두가 살인과 죽음에 봉사한다. 통찰력과 이성(理性), 현재 통용되는 언어는 무한한 정성으로 보살핌을 받지 못하면 끊임없이 고사(枯死)하는 관목들이다. 우리 내부에서 어떤 토양도 찾아내지 못하기 때문이다. 우리는 비바람 속에서 한결같이 서로에게 매달린다. 우리는 사막에서 쉬지 않고 뿌리를 더듬는다. 우리의 기력은 계속해서 쇠퇴한다. 우리는 끊임없이 어둠과 침묵에 합류한다. 마치 물이 도랑으로 흘러들 듯이.

발생론적 관점에서 씌어진 시학(詩學)

글을 쓰는 사람이나 읽는 사람 모두에게 '왜 글을 쓰는가(읽는가)'라는 질문은 매우 중요하다. 왜냐하면 그것은 차마 문학의 장을 떠나서는 살 수 없는 한 사람이 '어째서 문학인가'라는 질문을 통해 자신의 정체성을 규명하는 일이기도 한 탓이다. 그런데 글을 쓰는 사람과 읽는 사람의 입장은 같으면서도 다르다. 하나의 텍스트가 인쇄된 종이가 아닌 문학 텍스트로 존재하려면 두 명의 저자(텍스트의 생산자와 소비자)를 필요로 한다는 점에서 작가와 독자는 공동의 저자로서 동등한 입장에 서지만, 텍스트의 생산과 소비가 반드시 동시에 일어나는 것은 아니라는 측면에서 독자는 작가에게 슬며시 기댈 수 있는 여지를 가진다. 나는 지금『혀끝에서 맴도는 이름』의 더없이 충실한 독자로서(바슐라르는 "천천히 옮겨 적는 것보다 더 좋은 독서는 없다"고 말했다. 번역은 천천히, 아주 천천히 베끼는 작업이다) 작가에게 기대어 나 자신의 오래된 질문, '왜 이 나이가 되도록 문학의 숲 언저리에서 마냥 서성이는가?'에 대한 해답에 바싹 다가선 느낌이다.

내가 오랜 갈증을 풀 수 있었다고 느끼는 이유는 이 텍스트가 '발생론적 관점에서 씌어진 시학(詩學)'이라고 생각되기 때문이다. 문학(혹은 예술)의 본질을 다룬 비중 있는 텍스트라면 우선 떠오르는 것으로 아리스토텔레스의『시학』과 사르트르의『문학이란 무엇인가』가 있다. 하지만 전자의 경우는 당시의 비극 경연(競演)과 관련해서 시작술(詩作述)에 대한 실용적인 교시를 목적으로 집필된 까닭에 '왜'가 아닌 '어떻게'에 대한 담론이라 할 수 있다. 후자의 경우는 '왜 글을 쓰는가'라는 질문을 분명하게 제기하지만 이것 역시 내가 기대하는 대답을 겨냥하고 있지 않다. 단지 '읽히기 위해서'라는 저자가 미리 정한 답변을 유도하여 '누구를 위해서 쓰는가'라는 다음 단계로 넘어가려는 전략적 포석일 따름이다. '읽히기 위해서'라는 너무도 자명하고 원론적인 사르트르의 답변은 내게 오랫동안 상처로 남았다. 내가 원했던 것은 한 개인이 숨을 쉬듯 글을 쓰지 않을 수 없는 도저히 '억누를 수 없는 욕구'의 비밀, 그 수수께끼의 해답이었기 때문이다. 그래서 그 비밀에 기대어 나 자신의 질문에 대한 해답을 찾아보고 싶었던 것이다. 분명 내 안에 있을 테지만 너무나 막연한 무정형의 상태로 있어 떠오르지 못하는 그 해답에 분명한 형태를 부여해줄 어떤 표현을 찾느라 나는 한동안 어지러웠다.

그리고 뒤늦게 『은밀한 생』의 번역을 계기로 키냐르를 만나게 되면서 나는 심정상의 비정형성으로 인한 고통에서 해방될 수 있었다. 나는, 우리는, 키냐르의 독자들은 『혀끝에서 맴도는 이름』의 주인공인 것이다. 그런 의미에서 독자인 나는 이 책을 '시학'이라 부르고 싶다. 그런데 작가인 키냐르는 "『혀끝에서 맴도는 이름』이라고 제목을 붙인 이 동화는 나의 비밀이다"(p. 72)라고 말하고 있다. "욕망 때문에, 습관적으로, 의도적으로, 혹은 직업 삼아 글을 쓰는 게 아니다. 나는 생존을 위해 글을 썼다"(p. 71)고 말하는 작가의 비밀은 과연 무엇일까? 꼼꼼히 읽어볼 일이다.

이 텍스트는 '문학 창조'에 관한 동화(실천)와 에세이 (이론)로 이루어져 있다. 좀더 세분하자면 세 개의 층위 즉 1) 동화를 쓰게 된 배경 2)『혀끝에서 맴도는 이름』이 란 제목의 동화 3) 메두사를 위한 소론으로 나눌 수 있 다. 각 층위마다 해당하는 이미지가 하나씩 있다. 1) 얼 음 덩어리로 변한 커피 아이스크림 2) 혀끝에서 맴도는 이름 3) 메두사가 그것이다. 세 개의 이미지는 사정(射 精)이 임박한 '발기'의 이미지 안에서 통합을 이루면서 키냐르의 시학을 떠받치고 있다. 이미지들을 살펴보면,

1. 얼음 덩어리로 변한 커피 아이스크림을 각자의 몫 으로 잘라내려고 아무리 애를 써도, 그것은 칼을 피해 미끄러져 달아날 뿐이다. 얼음 덩어리는 "덩어리 상태 로 저장된 것들 중에서 단 하나의 정보를 선정, 추출, 소환, 복귀시키는 과정에서 발생"(p. 73)하는 언어의 기 능 부전에 대한 메타포이고, 그 앞에서 일시 정지된 칼 은 "빠져나가는 단어를 향해 두 손을 내밀어 애원"하면 서 "고정된 시선과 경직된 자세로 글을 쓰는 자"(p. 13) 의 메타포이다.

2. 콜브륀이 떠올리지 못하는, 그리고 쾬느가 아내에

게 말하려는 순간 사라지는 영주의 이름은 '혀끝에서 맴도는 이름'이다. 그것은 귀환을 거부하는 단어, 기억에 떠오르지 않는 단어, 입 주위에서 안개처럼 떠돌지만 정작 혀로 들어가 말이 되지 못하는 단어이다.

3. 떠오르지 않는 단어의 시선과 마주쳐서 조상(彫像)처럼 굳어진 자의 모습──갑자기 번쩍 들린 고개, 잃어버린 단어를 불러들이려고 긴장된 육체, 먼 곳으로 떠난 시선, 탈처럼 변해버린 얼굴──은 메두사의 시선과 마주쳐 돌로 변해버린 자의 모습과 흡사하다.

이렇게 세 가지 이미지로 표상되는 잃어버린 단어의 탐색이 느닷없는 사정으로 파국을 맞이하게 되면, '혀끝에서 맴도는 이름'을 혀가 꽉 끌어안아 발음하게 되면, '오르가슴'의 순간에 '시(詩)'가 생겨난다. 키냐르는 '발기'에서 '오르가슴'과 '사정'에 이르기까지를, 시가 '왜' 그리고 '어떻게' 태어나는지를 '순간 포착'으로 기술하고 있다. 시에 대한 키냐르의 정의는 다음과 같다.

시란 오르가슴의 향유이다. 시는 찾아낸 이름이다. 언어와 한 몸을 이루면 시가 된다. 시에 대해

정확한 정의를 내리자면, 아마도 간단히 이렇게 말
하면 될 듯싶다. 시란 혀끝에서 맴도는 이름의 정반
대이다. (p. 84)

    그런데 생존을 위해 글을 쓰는 키냐르는 책을 쓰는
바로 그 순간 자신이 추구하는 바는 결코 글을 기입해
서 생겨날 작품이 아니라 바로 '허탈'이라고 말한다. 우
선 그가 말하는 '허탈'이란 스스로에 대한 일체의 반성
적 사로잡힘에서 이탈할 수 있는 가능성을 뜻한다. 자
신이 부재했던 시간에 이를 때까지, 자신이 만들어진
곳에 이를 때까지 이탈하는 것이다. '무아(無我)의 경
지'로 해석될 수 있는 '허탈'을 키냐르 식의 다른 표현
으로 바꾸면 '화덕에 접근하기'이다. '화덕'이란 용어의
동의어로는 '결여된 이미지' '기원(基源)에 있는 빈칸'
'상실된 기억' '자신이 부재했던 장면' 등이 있다.
    따라서 키냐르가 글을 쓴다는 것은 스스로 모천 회귀
하는 연어 인간임을 자처하면서, "수태의 순간이나 극
히 초기의 유년기처럼 자신과 세상을 가르는 피부가 미
처 형성되지 않은"(p. 106) 융합의 상태로 거슬러 오르
는 행위이다. 그런데 문제는 항상 언어langue──프랑스

어로 '혀'의 의미도 갖는다——이다. 우리를 융합의 장소인 화덕에서 끌어낸 것이 바로 언어이기 때문인데, 일단 언어가 '입과 음료 사이에 끼어드는 빨대처럼' 끼어들어 분리를 초래한 이상 우리는 언어를 통하지 않고서는 '저 세계'로 갈 수 없다. 그때 언어는 구어(口語)가 아닌 침묵의 언어(글)라야 할 것이다. 우리는 이따금 삶의 단락에서 분리막이 해체되는 순간을 경험한다. 바로 언어가 기능 부전을 일으키는 순간이다. 어떤 단어가 자신의 안이나 밖에서 길을 잃고 헤매게 되는 순간이다. '혀끝에서 맴도는 이름'의 순간이다. "수태의 순간이나 극히 초기의 유년기처럼 자신과 세상을 가르는 피부가 미처 형성되지 않은" 융합의 장소로 우리가 복사열처럼 이동하는 순간이다. 그 순간 우리는 단어를 되찾는다. '되찾은 단어'는 불가사의이다. 이 불가사의가 '시'라고 키냐르는 말한다.

시, 되찾은 단어, 그것은 이 세상을 다시 바라보게 하며, 어떤 이미지 뒤에나 숨어 있게 마련인 전달 불가능한 이미지를 다시 나타나게 하며, 꼭 들어맞는 단어를 떠올려 빈칸을 채우고, 언어가 메워버

려 늘 지나치게 등한시된 화덕에 대한 그리움을 되
살리고, 은유의 내부에서 실행 중인 단락(短絡)을
재현하는 언어이다. (p. 85)

　'허탈'을 추구하며 쓴 키냐르의 글을 읽는 독자는 키
냐르와 함께 '허탈'을 경험하게 될 것이다. 2003년 6월
말, 내가 그의 초대로 상스의 욘 강변에 갔을 때, 키냐
르에게 "당신의 책을 꼭 한 권만(한 권이라도) 읽으려는
독자가 있다면 무슨 책을 권하겠느냐?"고 물었던 적이
있다. 그는 주저 없이 『혀끝에서 맴도는 이름』이라고
대답했다. 이 책을 번역하는 동안 나는 에드몽드 샤를
루(프랑스 아카데미 공쿠르 회장)의 말을 수없이 떠올리
지 않을 수 없었다.

　"키냐르의 책 한 권을 읽는 것은 다른 책 1000권을 읽
는 것과 다름없다."

2005년 5월

송의경

1948 4월 23일 프랑스 노르망디 지방의 베르뇌유쉬르아브르(외
르)에서 출생했다. 음악가 집안 출신의 아버지와 언어학
자 집안 출신의 어머니 사이에서 키냐르는 어릴 때부터
자연스럽게 식탁에서 오가는 여러 언어(프랑스어, 독일어,
영어, 라틴어, 그리스어)를 습득하고, 여러 악기(피아노, 오
르간, 바이올린, 비올라, 첼로)를 익히면서 자라난다.

1949 가을, 18개월 된 어린 키냐르는 여러 언어를 사용하는 집
안의 분위기에서 기인된 혼란 때문에 자폐증 증세를 보이
기 시작하고, 언어 습득과 먹기를 거부한다. 우연히도 외
삼촌의 기지로 추파춥스 같은 사탕을 빨면서 겨우 자폐증
에서 벗어난다.

1950~58 이 기간을 르아브르에서 보내게 된다. 형제자매들과
전혀 어울리지 못하고 늘 외따로 지내기를 즐긴다.

1965 다시 한 번 자폐증을 앓는다. 이를 계기로 그는 작가로서의 소명을 깨닫는다.

1966 세브르 고등학교를 거쳐 낭테르 대학에 진학한다. 그 후 에마뉘엘 레비나스, 폴 리쾨르, 장 프랑수아, 리오타르, 앙리 르페브르 등의 강의를 듣고, 레비나스의 권유로 「앙리 베르그송의 언어」라는 제목의 논문을 제출하고 1968년 철학 석사학위를 받는다. 1966년에서 1969년까지 실존주의와 구조주의의 물결, 68혁명의 열기 속에서 철학을 공부했지만 그는 이러한 이념들의 정신적 유산을 완강히 부인한다.

1969 결혼을 하고, 뱅센 대학과 사회과학 연구원에서 잠시 고대 프랑스어를 가르치며, 첫 작품 『말 더듬는 존재』를 출간한다. 이후, 확실한 시기는 알려진 바 없지만, 아버지가 되면서 이혼을 한다.

1976 갈리마르 출판사에서 편집 교정자, 원고 심사위원의 일을 맡게 되고, 1989년에는 출간 도서 선정 심의위원으로 임명되며, 이듬해인 1990년에는 출판 실무 책임자로 승진하여 1994년까지 업무를 계속한다.

1987 1987년부터 1992년까지 베르사유 바로크음악센터 임원으로 활동한다.

1990 단편소설, 에세이 등을 포함하여 20권 예정으로 기획한 『소론집』 중 제1권에서 제8권까지 총 8권이 마에그트 출판사에서 출간된다.

1991 소설 『세상의 모든 아침』을 출간하고, 이 작품을 자신이 직접 시나리오로 각색해 알랭 코르노 감독과 함께 영화로도 만든다. 책은 18만 부가 팔렸으며 영화 또한 대성공을 거둔다.

1992 영화 「세상의 모든 아침」에서 생트 콜롱브의 제자인 마랭 마레의 음악 연주를 맡았던 조르디 사발과 더불어 콩세르 데 나시옹을 주재한다.

필립 보상, 프랑수아 미테랑 전 대통령 등과 함께 '베르사유 바로크 예술 페스티벌'을 창설하지만, 1년밖에 지속하지 못한다. 더욱이 이 페스티벌은 베르사유 바로크음악센터와는 별개의 것으로, 음악센터에서 운영하는 베르사유 추계 음악 페스티벌과 경쟁 관계에 놓여 키냐르가 음악센터의 임원직을 사임하는 이유가 된다.

1993 『혀끝에서 맴도는 이름』을 출간한다. 당시 언론에서는 이 작품을 일제히 아구스티나 이스키에르도(Agustina Izqui-erdo)의 두번째 소설인 『순수한 사랑』(첫번째 소설은 1992년에 발표된 『별난 기억』)과 나란히 소개하는데, 이스키에르도가 키냐르의 가명일 것이라는 확신에 가까운 추측 때문이었다.

1994 집필에만 열중하기 위해 일체의 모든 공직을 사임하고 세상의 여백으로 물러나 스스로 파리의 은둔자가 된다.

1995 손가락에 이상이 생겨 더 이상 악기 연주가 곤란해진다. 설상가상으로 조부와 부친에게서 물려받은 악기인 스트라

디바리우스를 모두 도난당하자 크게 상심하여 연주를 포기한다. 이후 음악을 연주하던 시간이 책읽기와 글쓰기에 바쳐진다.

1996 1월, 『소론집』과 장편소설을 집필하던 중 갑자기 심한 출혈로 인해 응급실에 실려갔다가 죽음의 문턱에서 귀환하는 경험을 한다. 이 경험을 전환점으로 그의 글쓰기는 크게 변화된다. 그는 즉시 모든 일을 중단하고 이제까지와는 다른 새로운 글쓰기를 기획한다.

1996 건강을 회복한 후, 일본과 중국으로 여행을 떠난다. 특히 장자의 고향인 중국 허난 성의 상추(商邱)를 방문했던 기억과 고대 중국 철학(도교)의 영향이 집필 중이던 『은밀한 생』에 반영된다.

1998 새로운 글쓰기의 첫 결과물인 『은밀한 생』이 출간되고, 그해 '프랑스 문인협회 춘계 대상'을 받는다.

2000 1월, 『로마의 테라스』가 출간되고, 이 소설로 키냐르는 2000년 '아카데미 프랑세즈 소설 대상'과 '모나코의 피에르 국왕 상'을 동시 수상한다. 이로 인해 2억 4천만 원에 달하는 상금과 함께 출간 즉시 4만 부 이상이 팔려나가는 큰 성공을 거둔다. 이후 1년 6개월 동안 죽음이 우려될 정도로 심한 쇠약 증세에 시달리면서, 연작소설로 기획된 『마지막 왕국』의 집필에 들어간다.

2001 부친이 별세한다. 키냐르는 비로소 부친에게서 받은 성(姓)—사회에 편입된 존재라는 표지—으로 인한 부담,

부친의 기대의 시선에서 풀려나 완전히 자유로워졌다고
고백한다.

2002 『마지막 왕국』의 1, 2, 3권을 동시 출간하고 1권인 『떠도
는 그림자들』로 공쿠르 상을 수상한다. 현재 그는 파리의
아파트와 욘 강변의 전원 주택 사이를 오가며 『마지막 왕
국』의 다음 권들을 쓰고 있다. 그는 새벽에 일어나서 아침
여덟 시간을 온전히 독서와 글쓰기에 바치고 있지만, 조만
간 손가락 수술을 받을 예정이며 음악도 다시 시작하려고
한다. 참고로 그는 왼손잡이이며, 자신의 왼손을 그의 가
명으로 추정되는 아구스티나 이스키에르도—Izquierdo란
카스티야어로 '왼쪽'의 의미—라는 여자 이름으로 호칭
한다.

작품 목록

L'être du balbutiement(Mercure de France, 1969)

Alexandra de Lycophron(Mercure de France, 1971)

La parole de la Délie(Mercure de France, 1974)

Michel Deguy(Seghers, 1975)

Echo, suivi d'Epistolè d'Alexandroy(Le Collet de Buffle, 1975)

Sang(Orange Export Ldt, 1976)

Le lecteur(Gallimard, 1976)

Hiems(Orange Export Ldt, 1977)

Sarx(Maeght, 1977)

Les mots de la terre, de la peur, et du sol(Clivages, 1978)

Inter aerias fagos(Orange Export Ldt, 1979)

Sur le défaut de terre(Clivages, 1979)

Carus(Gallimard, 1979)

Le secret du domaine(Éd. de l'Amitié, 1980)

Les tablettes de buis d'Apronenia Avitia(Gallimard, 1984)

Le vœu de silence(Fata Morgana, 1985)

Une gêne technique à l'égard des fragments(Fata Morgana, 1986)

Ethelrude et Wolframm(Claude Blaizot, 1986)

Le salon du Würtemberg(Gallimard, 1986)

La leçon de musique(Hachette, 1987)

Les escaliers de Chambord(Gallimard, 1989)

Albucius(P.O.L, 1990)

Kong Souen-long, sur le doigt qui montre cela(Michel Chandeigne, 1990)

La raison(Le Promeneur, 1990)

Petits traités, tomes I à VIII(Maeght, 1990)

Georges de La Tour(Éd. Flohic, 1991)

Tous les matins du monde(Gallimard, 1991)

La frontière(Éd. Chandeigne, 1992)

Le nom sur le bout de la langue(P.O.L, 1993)

L'Occupation américaine(Seuil, 1994)

Les Septante(Patrice Trigano, 1994)

L'Amour conjugal(Patrice Trigano, 1994)

Le sexe et l'effroi(Gallimard, 1994)

La nuit et le silence(Éd. Flohic, 1995)

Rhétorique spéculative(Calmann-Lévy, 1995)

La haine de la musique(Calmann-Lévy, 1996)

Vie secrète(Gallimard, 1998)

Terrasse à Rome(Gallimard, 2000)

Les Ombres errantes(Grasset, 2002)

Sur le Jadis(Grasset, 2002)

Les Abîmes(Grasset, 2002)

Les Paradisiaques(Grasset, 2005)

Sordidissimes(Grasset, 2005)

키냐르에 관한 단행본 연구서

Revue des sciences Humaines, No. 260, Octobre-Decembre 2000(Lille, 2000)

BLANCKEMAN, Bruno, *Les récits indécidables: Jean ECHENOZ, Hervé GUIBERT, Pascal QUIGNARD*(Paris: Presse Universitaire du Septentrion, 2000)

MARCHETTI, Adriano(sous la direction), *Pascal Quignard: La mise au silence*(Mayenne: Champ Vallon, 2000)

FARASSE, Gérard, *Amour de Lecteur*(Paris: Presse Universitaire du Septentrion, 2000)

BONNEFIS, Philippe, *Pascal Quignard son nom seul*(Paris: Éd. Galilée, 2001)

LAPEYRE-DESMAISON, Chantal, *Pascal Quignard le solitai-*

re(Paris: Éd. Flohic, 2001)

LAPEYRE–DESMAISON, Chantal, *Mémoires de l'origine(Essai sur Pascal Quignard)*(Paris: Éd. Flohic, 2001)

LYOTARD, Dolorès, *Cruauté de l'intime*(Paris: Presse Universitaire du Septentrion, 2003)